新訳 リチャード三世

シェイクスピア
河合祥一郎＝訳

角川文庫
14741

The Tragedy of Richard the Third
by William Shakespeare

From
The Tragedy of Richard the Third:
with the Landing of Earle Richmond, and the
Battell at Bosworth Field
(*The Life and Death of Richard the Third*)
Published in London, 1623
and
The Tragedy of King Richard the Third
Published in London, 1597

Translated by Dr. Shoichiro Kawai
Published in Japan by
Kadokawa Shoten Publishing Co., Ltd.

目次

凡例

・一六二三年出版のフォーリオ版（Fと表記する）を原典とし、一五九七年第一クォート版（Qと表記する）以降の異本の情報は必要に応じて注記した。なお、Qに幕場割りはないが、Fにはある。

・表記や解釈に問題のある箇所については、以下の諸版を参照した。

オックスフォード版　John Jowett, ed., *The Tragedy of King Richard III*, The Oxford World's Classics, The Oxford Shakespeare (Oxford: Oxford University Press, 2000).

ケンブリッジ版（F）　Janis Lull, ed., *King Richard III*, The New Cambridge Shakespeare (Cambridge: Cambridge University Press, 1999).

ケンブリッジ版（Q）　Peter Davison, ed., *The First Quarto of King Richard III*, The New Cambridge Shakespeare (Cambridge: Cambridge University Press, 1996).

アーデン版　Antony Hammond, ed., *King Richard III*, The Arden Shakespeare (London: Methuen, 1981).

ペンギン版　E. A. J. Honigmann, ed., *King Richard the Third*, The New Penguin Shakespeare (Harmondsworth: Penguin Books, 1968).

・〔　〕で示した箇所は原典にはない。

新訳　リチャード三世の悲劇

登場人物

エドワード四世　英国王
皇太子エドワード　エドワード四世の子供
のちに　エドワード五世
ヨーク公リチャード
クラレンス公ジョージ　エドワード四世の弟
グロスター公リチャード
のちに　リチャード三世
クラレンス公の子供　（エドワード・プランタジネット）
リッチモンド伯ヘンリー　のちにヘンリー七世
枢機卿トマス・バウチャー　カンタベリーの大司教
ヨーク大司教　（トマス・ロザラム）
イーリー司教　（ジョン・モートン）

バッキンガム公
ノーフォーク公
サリー伯　ノーフォーク公の息子
リヴァーズ伯アンソニー・ウッドヴィル
エドワード四世妃エリザベスの弟
ドーセット侯　エリザベスと先夫グレイ卿の息子
グレイ卿
オックスフォード伯
ヘイスティングズ卿
スタンリー卿ダービー伯
ラヴェル卿
騎士トマス・ヴォーン
騎士ウィリアム・ケイツビー
騎士ジェイムズ・ブラント
騎士ロバート・ブラッケンベリー

クラレンス公の幼き女児　（マーガレット・プランタジネット）
リチャード三世に殺された人々の亡霊
貴族　従者　代書人　市民　勅使　僧侶　小姓
護衛　刺客　使者　兵士その他

場面　英国

騎士リチャード・ラトクリフ
騎士ジェイムズ・ティレル
騎士ウォルター・ハーバート
騎士ウィリアム・ブランドン
神父クリストファー・アースウィック
トレッセル
バークリー　｝アンの従者
ロンドン市長
司法長官

エリザベス　エドワード四世の妃
マーガレット　故ヘンリー六世の未亡人
故ヨーク公爵の夫人　エドワード四世兄弟の母
アン　ヘンリー六世の息子エドワードの寡婦のちにリチャード三世の妃

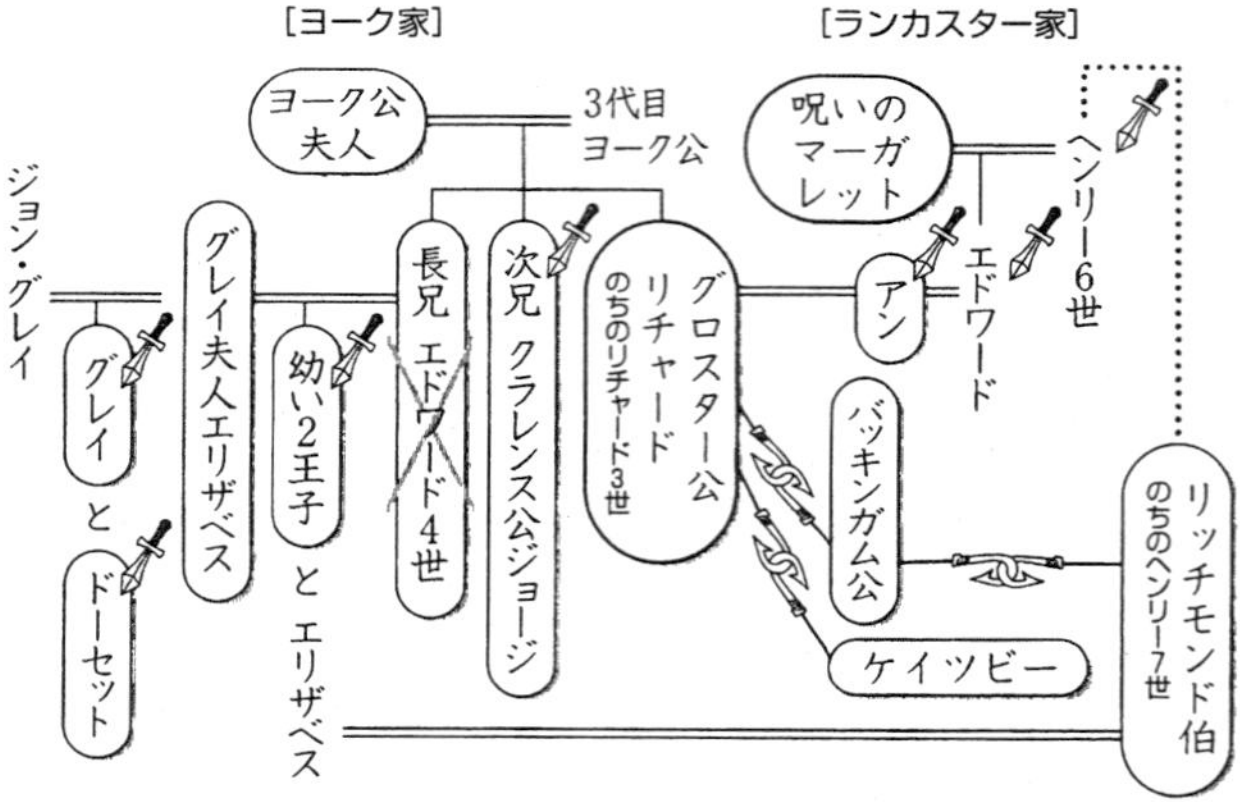

河合祥一郎著『シェイクスピアは誘う』(小学館、2004)より転載

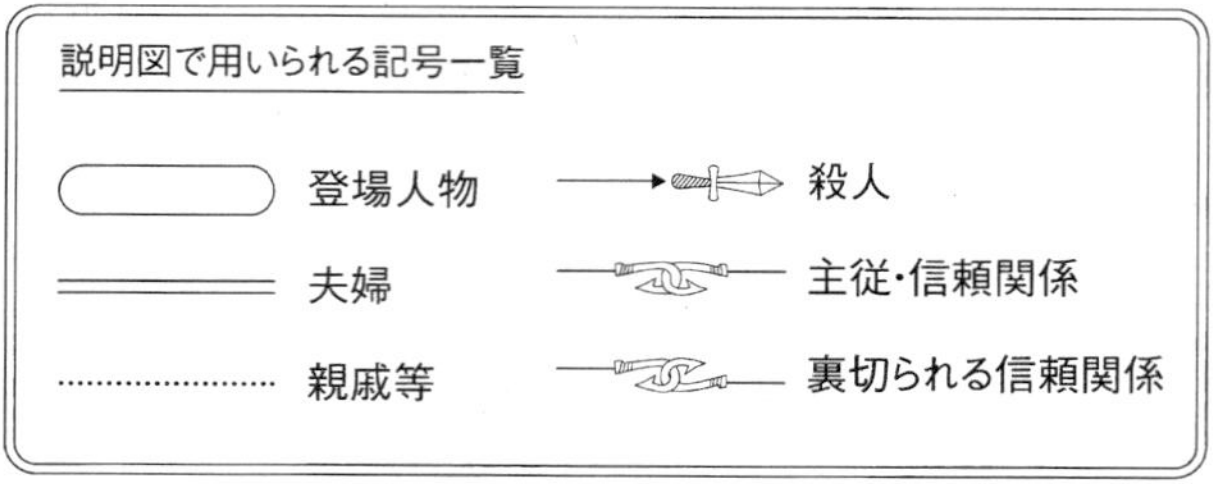

第一幕 第一場

グロスター公爵リチャード※1、独り登場。

リチャード　今や、我らが不満の冬も、
このヨークの太陽※2輝く栄光の夏となった。
わが一族の上に垂れ込めていた雲はすべて、
水平線の彼方《かなた》深く葬《ほうむ》り去られた。※3
今や、我らが額には勝利の花輪が飾られ、
傷だらけの鎧兜《よろいかぶと》は記念に吊るされ、
いかめしい鬨《とき》の声はさんざめく宴《うたげ》の声に、
猛々《たけだけ》しい進軍は賑々《にぎにぎ》しい踊りに変わった。
兵《つわもの》どもは険《けわ》しい顔をほころばせ、
もはや怯《おび》える敵の肝を冷やそうと、
武装した軍馬にうちまたがることもなく、
今や、淫《みだ》らなリュート※4の音《ね》に合わせ、
ご婦人がたの部屋で器用に軽く飛び跳ねる。

※1　リチャードは、くる病で背中が曲がり、手足が不自由という設定である。
※2　原文にある「息子」（Son）は「太陽」（sun）と掛詞になっている。ヨークの太陽（息子）とは、ヨーク公の長子エドワード四世（在位一四六一～七〇、七一～八三）。リチャードの長兄。
※3　空にあったものが動いて海に沈むイメージ。一四七一年のテュークスベリーの戦いでヨーク家（白薔薇）がランカスター家（赤薔薇）を破って薔薇戦争に決着がついたことを指す。亡命中だったエドワード四世は、この年五月、王としてロンドンに再入城した。
※4　F「リュート」、Qでは「恋」（loue）。

だが、この俺ときたら――この体つきでは色恋もできず、
惚《ほ》れ惚《ぼ》れ鏡を覗《のぞ》き込むわけにもゆかぬ。
浮気な色女の前で気取ってみせるような
色気なんぞありはしない、醜い体のこの俺は――。
恰好《かっこう》というものを切り取られ、
嘘つきの自然に体つき※1をだまし取られたこの俺は――。
寸足らずの歪《ゆが》んだできそこないのまま、
月足らずの未熟児としてこの世に放《ほう》り出され、
あまりにぶざまで、みっともないから、
片足引き引き歩けば、犬も吠《ほ》えかかる――。
そんな俺だ、軟弱に浮かれ騒ぐこの平和な時代に、
何の楽しみがあるものか。
日向《ひなた》で己《おのれ》の影でも眺めて※2、
その醜さを鼻歌で歌うのが関の山。
となれば、美男美女と口上手だけがもてはやされるこの時代に、
恋の花咲くはずもないこの俺は、もはや、
悪党になるしかない※3。
世の中のくだらぬ喜び一切を憎悪してやる。
筋書きはとっくにできている。

※1　「嘘つき」「体つき」は、Feature, Natureの押韻に対応した訳。
※2　「日向」（the Sunne）とsonの連想から、兄（太陽）と自分（影）を比べるという意味合いもある。
※3　「なるしかない」(determined)には、「なってやろう」という決意に表明される個人主義とともに、「そうするしかない」という宿命論・決定論(determinism)的意味が込められている。
　前者は、『オセロー』のイアーゴーや『リア王』のエドマンドに引き継がれる「個人の意思」への信奉であるが、後者は、大きな運命と自己のあり方を重ねて見ようとするマクベス的思考である。

危ない幕開きだ。酔っ払いの予言、中傷、夢占い――
そんな手を使って、二人の兄、王とクラレンスとを
死ぬまで憎み合わせるのだ。
この俺が心底ずるく、卑怯《ひきよう》で、嘘つきであるように、
王エドワードが心底正しく誠実であるならば、
今日にもクラレンスは監獄にぶち込まれるはずだ。
予言のせいでな、名前がGで始まる者に、
王の世継ぎが殺される、という。※4
おっと、引っ込め、企《たくら》みはこの胸に。クラレンスがやって来た。

警護された※5クラレンス〔公爵ジョージ〕とブラッケンベリー登場。

おはようございます、兄上。どうしたというのです、
このものものしい警護は？

クラレンス　　　　陛下※6が、
この身の安全をお気遣《きづか》いになり、こんなお供をつけて
ロンドン塔まで送り届けてくださるのさ。

リチャード　何の嫌疑で？

クラレンス　　　私の名前がジョージだからだ。

リチャード　そんな、兄上、そりゃ兄上の罪じゃない。

※4　ここと前行に、Gとbeで韻を踏む二行連句（rhyming couplet）があるため、リチャードの長台詞がここで終わる感じになる。次行の「おっと……」以下は、新しい展開になる。なお、Gは、グロスター公リチャードをも意味しうる。
※5　Fはguardedだが、Qはwith a gard of menであり、複数の護衛だとわかる。
※6　このように台詞の前に空白がある行は、直前の台詞（「このものものしい警護は」）と合わせて弱強五歩格の韻文の一行を成す。直前の台詞に間をおかずに続く。詩行分割（shared line ないし split line）と呼ぶ。二行に分割されている場合は half line とも。

悪いとすれば、兄上の名付け親。
ああ、ひょっとして陛下は、兄上をロンドン塔で
新しい名前に洗礼し直すおつもりだろうか。
でも、どういうことなんです、兄さん。教えてもらえますか。

クラレンス　教えもしよう、リチャード、わかっていれば。
だが、見当もつかぬのだ。聞いた話では、
陛下は予言やら夢占いに耳を傾け、
数あるアルファベットからGの文字をお選びになった。
魔法使いに告げられたからだ、Gによって、
王の世継ぎが絶えてしまう、と。
わが名ジョージはGで始まる。
だから、私がその悪党だとお考えになった。
そんな愚にもつかぬ戯言《ざれごと》で、
このように私に縄を掛けようというのだ。

リチャード　いやはや、男が女の尻に敷かれるからこのざまです。
兄上をロンドン塔へ送ろうとするのは王ではない。
王と結婚したグレイ卿《きょう》夫人※1、あの女ですよ、
王を唆《そそのか》し※2てこんなひどいことをさせるのは。
あの女だったじゃありませんか、それからあの女のご立派な弟

※1　王妃エリザベスのことだが、リチャードが王妃として認めていないため、このような言い方になる。
　エリザベス（旧姓ウッドヴィル）は、ランカスター家の家臣サー・ジョン・グレイの寡婦。夫亡き後、土地の返還を請願した時エドワード四世に見初められ、一四六四年に密かに結婚、一四六五年に王妃となった。その経緯は『ヘンリー六世』第三部に描かれる。
　この身分違いの結婚によって、王とフランス王女ボーナ姫との縁談を進めていたウォリック伯が激怒してランカスター側へ寝返るなど大きな波紋が起きた。

※2　F及びQ2以降tempts（誘う）。Q1はtempers.

アンソニー・ウッドヴィル※3だったでしょう、
王を誑《たら》してヘイスティングズ※4をロンドン塔へ送り込んだのも。
ヘイスティングズは、今日ようやくご出所と相成りますが、
我らの身も、兄上、危ない、危ない。

クラレンス　まことに、安心できる者はおるまい。
妃《きさき》の身内か、王とショア夫人※5の取り持ちをして
忍び歩く夜の使い以外はな。
聞いておらぬか、ヘイスティングズ卿もこのたびの出所を求めて
ショア夫人にたいそう頭を下げたという話。

リチャード　大臣も、ショアの女神にへいこらし、
ついに牢屋の塀越えし※6、というわけで。
こうなりゃ、それ、王のご寵愛《ちょうあい》を受けるには、
あの女の家来となって、あの女のお仕着せでも
着なければなりますまい。
あの妬《ねた》み深い年増《としま》後家とあのご婦人※7は、
兄王のおかげで貴婦人に成り上がってからというもの、
わが王国のかしましい名付け親※8となりやがった。

ブラッケンベリー　畏《おそ》れながらお二方に申し上げます。
国王陛下の厳命により、どのような身分の方であれ、

※3　リヴァーズ伯アンソニー・ウッドヴィル（一四四二?〜八三）は、王妃エリザベス（一四三七?〜九二）の弟。73頁注参照。
※4　ウィリアム・ヘイスティングズ（一四三〇?〜八三）は、宮内大臣。
※5　金細工師の妻でエドワード四世の妾となったジェイン・ショア。サー・トマス・モアによれば、王の死後、ヘイスティングズの女になった。
※6　Deitie と libertie の言葉遊びがある。
※7　ショア夫人。後家とは元グレイ卿夫人の王妃エリザベスのこと。二人への憎悪は120頁でも表明される。
※8　原語 Gossips は「名付け親」と「お喋り好き」の意味がある。

クラレンス公爵様と密談なさることは
固く禁じられております。
リチャード　そうであろう。であるから、ブラッケンベリー閣下、※1
どうぞ、我らの話に加わっていただきたい。
謀叛《むほん》の話などしてはおらぬ。王は聡明《そうめい》で徳高いお方だと
話しているのだ。気高いお妃《きさき》は立派な年輪を重ねられ、
美しく、人を妬むことがないとな。
また、ショア夫人のおみ足※2のかわいらしいこと、
唇はさくらんぼ、瞳はつぶらで、お口は滑《すべ》らか。
それにお妃の親族は貴族になられたと、そう話しているのだ。
どうだね、違うとは言えまい。
ブラッケンベリー　それでは私がお邪魔をしてはいけないこと……
リチャード　いけないことをショア夫人と！
いいかね、君、あのご婦人といけないことをするなら、
一人を除いて、こっそりやらなきゃなるまいよ。
※3**ブラッケンベリー**　一人とは、どなたで？
リチャード　ご主人だろうが！　私をハメようというのか。※4
ブラッケンベリー　どうぞお赦《ゆる》しください。それから、
公爵様とのご会見もここまでとさせてください。

※1　サーの称号を持つ騎士にすぎないロンドン塔長官ブラッケンベリーに対して、わざと高位の者に対する大仰な呼びかけをしてふざけている。身分の低い者の分際で話に口を挟んできたことに対するリチャードの皮肉な仕返しである。
※2　足首から先の部分。足首から上の脚は人目に触れられるものではなかった。
※3　この行と次の行はＱ１にはないが、Ｑ２以降とＦにはある。
※4　国王がショア夫人と不倫関係にあることを公言させるつもりかということ。

クラレンス　おまえの任務はわかっている、従おう。

リチャード　我らは王妃の奴隷。従わねばなりません。
兄上、さようなら。私は王のもとへ参ります。
お役に立つことがあれば、たとえ、エドワード王につきまとう
あの後家を「姉さん」と呼ぶことさえも
やってのけましょう、兄上を救うためなら。
それにしても、実の弟に、この仕打ち。
とてもお察しいただけますまい、この胸の痛みを。※5

クラレンス　私同様、おまえにも、つらいことだなあ。

リチャード　ともかくも、兄上を長く獄にとどめおきはしません。
必ずお出し致します。さもなくば私が身代わりになります。※6
それまでどうか、ご辛抱を。

クラレンス　しかたあるまい。さらばだ。

〔クラレンス、〔ブラッケンベリーと護衛とともに〕退場。〕

リチャード　行け、二度と戻らぬ道を歩いて行け。
だまされやすい、馬鹿なクラレンス、大好きだよ、
だからすぐにもその魂を天国へ送ってやろう。
天の方で受け取ってくれるものならば。
だが、あれは誰だ。出獄したばかりのヘイスティングズか。

※5　アーデン版編者が指摘するように、ここでリチャードはクラレンスに抱きついて嘘泣きをするのであろう。66頁のクラレンスの台詞を参照。

※6　原文は or else lye for you（さもなければあなたのために、〔牢に〕身を横たえる／嘘をつく）。「身代わりになる」とも「騙す」ともとれる表現。
　流れを重視して上の訳としたが、こだわりたければ、「さもなければ代わりにこの舌を出します」も可。

ヘイスティングズ卿※1登場。

ヘイスティングズ　これは、ご機嫌よろしゅう、公爵。
リチャード　宮内大臣※2閣下にも、ご同様に。
娑婆《しゃば》の空気は格別でございましょう。
獄中ではいかがお過ごしでした。
ヘイスティングズ　囚人らしく、辛抱しておったよ、公爵。
だが、これからは長生きして、この身を投獄した連中に
たんまりお礼をしてやるつもりだ。
リチャード　ごもっとも、ごもっともで。クラレンスも
同じことをするでしょうな。閣下の敵は今やクラレンスの敵。
クラレンスも閣下と同じ目に遭わされました。
ヘイスティングズ　嘆かわしい限りだ、鷲《わし》が籠に入れられて、
鳶《とんび》や禿鷹《はげたか》が好き勝手に飛び回るとは。
リチャード　何か耳新しい話でもありますか※3。
ヘイスティングズ　耳苦しい話※4ばかりだ。
王様はご病気で、ご衰弱のうえ、おふさぎになり、
医者たちもひどくその身を案じておる。
リチャード　聖ヨハネにかけて※5、それはまことに耳苦しい。

※1　クラレンス公逮捕の一四七七年六月当時、ヘイスティングズは約四十七歳。リチャードは二十四歳。
※2　Lord Chamberlaine.「侍従長」「宮内長官」とも訳されるが、シェイクスピアの劇団が「宮内大臣一座」と呼び習わされているのに合わせた。
※3　出獄したばかりの相手に対しても、世間知らずのふりをしてみせるリチャード。
※4　原文では、「世間に広がって」の意味でリチャードが言ったabroadを、ヘイスティングズが「外国で」の意味でとって言葉遊びをしている。ヘイスティングズが陽気になっていることを示す。
※5　Qでは「聖パウロにかけて」。

ああ、長いこと不摂生《ふせっせい》をお続けになり、[※6]
無理を重ねてお体をぼろぼろになさったせいだ。
考えるだに嘆かわしい。
どこにおられます？　臥《ふ》せっておいでですか。

ヘイスティングズ　そうだ。

リチャード　お先にどうぞ、あとから参ります。

　　　ヘイスティングズ卿退場。

よし、王は、もう長くないぞ。だが、まだ死んでくれるな、
ジョージが早馬で天国に送られるまではな。
俺はこれから王に会い、もっともらしい嘘八百を並べ立て、
クラレンスへの憎しみをかきたててやろう。
この根深い企《たくら》みがうまく運べば、
クラレンスの命も今日限り。
それが済んだら、神よ、エドワード王をもお召しになり、
天下をこの身にお与えください！
そのために今のうちウォリック[※7]の末娘と結婚しておこう。
ふん、あれの夫も父親も俺が殺したが、それがなんだ。
あの女に償いをする一番手っ取り早い方法は、
あの女の夫になり父親になってやることだ。

※6　王の乱れた性生活へのあてこすり。

※7　国王製造人（キングメイカー）の異名を持つウォリック伯リチャード・ネヴィル（一四二八～七一）。薔薇戦争においてヨーク家を支持し、ヨーク公の死後、その子エドワードを即位させ、エドワード四世とした。
　その長女イザベルは前場に登場したクラレンス公ジョージに嫁ぐ。末娘アン（一四五六～八五）は、一四七〇年にヘンリー六世の皇太子エドワードと婚約する（法的には結婚と同義だが肉体関係はなかったと思われる）が、テュークスベリーの戦いで皇太子が死んだ後、リチャードと結婚し、一四八三年リチャード即位により妃となる。

そうしてやろうじゃないか。愛しているからではない、
別の秘密の企《たくら》み※1があり、それを果たすには
あの女と結婚せねばならぬからだ。
だが、こいつはとらぬ狸《たぬき》の皮算用。
クラレンスはまだ息をし、エドワードはまだ生きて王座にある。
二人が消えてからだ、儲《もう》けを数えるのは。※2

退場。

第一幕　第二場

矛《ほこ》を持つ護衛に守られたヘンリー六世の遺体が運び込まれる。
喪主※3アン登場。〔トレッセル、バークリー※4、その他の紳士たちが
従う〕

アン　お下《お》ろしなさい。お下ろしなさい、その尊い柩《ひつぎ》を。
柩に納められても、尊さは変わらぬはず。
徳高いランカスター家のご主君の
時ならぬご最期をここでしばらくお弔《とむら》いしたい。
おいたわしや、聖なる陛下の、冷たくなったこのお姿！

※1　この企みが何か不詳だが、史実ではリチャードは一四七二年頃ウォリック伯の末娘アン・ネヴィルと結婚したことにより、広大なウォリック伯領をめぐってクラレンス公ジョージと覇権を争った。一四七六年十二月クラレンスの妻（ウォリック伯長女）イザベルの死亡により劣勢となったクラレンスは、一四七七年六月謀叛の疑いで逮捕され、七八年一月国王評議会で大逆罪を宣告された。

※2　reignesとgainesで韻を踏む二行連句で場が締められている。

※3　シェイクスピアの材源とした年代記には、アン（ウォリック伯の末娘）がヘンリー六世の遺体に付き添ったという記述はない。

ランカスター家の燃え尽きた白い灰、
王家の血を引きながらその血も失せた御亡骸《おなきがら》！
どうぞ、この哀れなアンが、陛下の御霊《みたま》を呼び覚まし、
嘆きをお聞かせすることが自然に悖《もと》らぬことでありますよう※5。
お聞きあれ、御身《おんみ》にこの※6傷をつけたまさにその手により
夫を、陛下のご子息エドワードを、殺されましたアンが嘆きを。
ほらこうして、陛下のお命を吐き出したこの窓に
みじめなこの目から甲斐《かい》なき※7香油を注ぎます。
ああ、呪われるがいい、このお体を貫《つらぬ》いた手は！
呪われるがいい、このようなことをした心なき心は！
※8呪われるがいい、ここから血を流した者の血は！
お命を奪い、我らを不幸のどん底に突き落とした
あの憎むべき卑劣漢には、※9狼、蜘蛛《くも》、蟇蛙《ひきがえる》、
いや、地を這《は》い回るどんな嫌《いや》ァな生き物の運命よりも
忌まわしい悪運が、降りかかるがいい！
あいつに子供ができるなら、月足らずで、
化け物のようなおぞましい姿で生まれてこい！
その醜く異様な姿を一目見るや、
楽しみにしていた母親も怯《おび》え慄《おのの》くがいい！

つまり、この求愛の場面はシェイクスピアの完全な創作。ただし、一四七一年にロンドン塔から聖パウロ寺院そしてブラックフライアーズへ運ばれたヘンリー六世の遺体がなお流血した事件と、それからチャートシー僧院で埋葬されたことは年代記に記されている。

※4　トレッセルも、バークリーも実在の人物。

※5　シェイクスピアの時代、死霊を呼び起こすことは禁じられていた。

※6　F「傷」、Qでは「穴」。ぱっくり開いた傷口はすぐあとで「窓」と呼ばれる。

※7　涙のこと。

※8　この行、Fのみ。

※9　F「狼」、Qでは「毒蛇」。

※1その化け物がやつの邪悪を受け継ぐがいい！
あいつが妻を娶《めと》るなら、その女も
私が若き※2夫と陛下に先立たれて感じる以上※3に、
あいつに死に別れてみじめになるがいい！
さあ、チャートシー※4へ聖なる柩《ひつぎ》を持って参りましょう、
そこで埋葬するために聖パウロ寺院からお運びしたのだから。
でも、重くて疲れたなら、いつでもお休み。
そのあいだ私はヘンリー王の御亡骸にすがって嘆きましょう。

グロスター公爵リチャード登場。

リチャード　待て。おまえたち、柩を下ろせ。
アン　この悪魔を呼び出したのは、どこの魔法使い？
心を込めた神聖な葬列の邪魔をするとは！
リチャード　悪党め、死骸《しがい》を下ろせ。聖パウロにかけて、
言うことを聞かぬやつは死骸にしてしまうぞ。
紳士　殿下、どうかお下がりになって、柩をお通しください。
リチャード　犬め、控えおろう。俺が命じる。おまえが下がれ。
矛《ほこ》を上げろ、俺の胸元よりもっと上に！
さもないと、聖パウロにかけて※5、おまえたちを叩きのめし、

※1　この行、Fのみ。「邪悪」の原語vn-happinessはevilnessの意味。
※2　F「若き」、Qは「哀れな」。
※3　F「以上」、Q「と同じくらいに」。
※4　最終的にヘンリー六世が埋葬された有名な僧院のあるサリー州の町。
※5　リチャードが聖人の名前を口にするのを好むのは、「聖者ぶりが板につけば、悪魔の演技は完璧」（52頁）だからであろう。

這《は》いつくばらせて足蹴《あしげ》にするぞ、乞食め、偉そうに。
アン　まあ、震えているの？　みんな、怖いの？
仕方ない、あなたたちも所詮《しょせん》、人間、
人間の目で悪魔は見るに堪えない。
行っておしまい、この忌まわしい地獄の手先め！
おまえ※6が手を下せたのは陛下のお体だけ、
御霊《みたま》にまでは手は出せぬ。だから、消えなさい。
リチャード　優しい聖者よ、まあそうつれなくしなさるな。
アン　汚らわしい悪魔よ、消えろ、悪さをするな。
おまえは幸せだったこの世界を
阿鼻叫喚《あびきょうかん》の地獄に変えた。
自分の悪行を見て悦に入《い》りたいなら、
見るがいい、この殺戮《さつりく》の見本を。
おお、皆の者、見て、見ておくれ。ヘンリー王の御亡骸を。
凝《こご》りついていた傷口が、また血をどくどく噴き出した。
恥を知れ、恥を。汚らわしい奇形の怪物め、
おまえが現れたからだ、血のない空っぽの冷たい血管から
こんなにも血が流れ出てきたのは※7！
人の道を外れた悪逆非道なおまえの所業が、

※6　原語 Thou は、軽蔑ないしは親密さをこめて相手を呼ぶ言葉であり、ここでは激しい軽蔑がこめられている。のちにアンがこの言葉を丁寧な you に変えてリチャードを呼ぶとき、アンの心変わりが示される。

※7　下手人が近くにいると死体から新たに血が流れ出るという迷信があった。

理屈を外れたこの血の迸《ほとばし》りを招いたのだ。
ああ、この血を創り給いし神よ、王の死に復讐を！
ああ、この血を呑み干す大地よ、王の死に復讐《ふくしゅう》を！
天よ、雷《いかずち》でこの人殺しを打ち殺せ、さもなくば
大地よ、大きく口を開《あ》け、こいつを生きたまま呑み込め。
大地が呑み込んでいるこの善良な王の血は、
この地獄の魔手が流したのだから。

リチャード　奥方、慈悲の掟《おきて》をご存じないか。
悪には善を、呪いには祝福を。※1

アン　悪党、神の法も人間の掟も知らぬくせに。
獰猛《どうもう》な獣《けもの》でも少しは憐《あわ》れみを知っている！

リチャード　だが私は知らぬ。だから獣ではない。

アン　まあ不思議、悪魔が真実を語る！

リチャード　もっと不思議だ、天使がそんなに怒るとは。
神々しい完全無欠なる女性よ、どうか、
私にかけられた濡れ衣《ぎぬ》の数々、証拠を挙げて
晴らさせておくれ。

アン　忌ま忌ましい完全不潔なる男性よ、どうか、※2
おまえが犯した悪行の数々、証拠を挙げて

※1　「マタイ伝」五・四四、「ロマ書」一二・一四。

※2　ここより、アンがリチャードの言い方を借りるという、修辞の顕著な文体が続く。

呪わせておくれ。
リチャード　言葉も及ばぬ美しいお方、何とぞ
　申し開きをすることを堪忍していただきたい。
アン　想像も及ばぬ穢《けが》れたおまえ、おまえのできる
　申し開きは首をくくることと観念していただきたい。
リチャード　そんな自殺行為は自分の罪を認めることになる。
アン　そんな自殺行為によってのみ、おまえは赦《ゆる》される。
　不当にも他人を虐殺したおまえ自身に
　正当なる罰を下すのだから。
リチャード　私が殺したのではないとしたら？
アン　それなら誰も殺されなかったことになる。
　だが、死んだのだ、悪魔め、おまえのせいで。
リチャード　私はご主人を殺さなかった。
アン　そしたら、生きているはず。
リチャード　いや、死んだ、エドワードの手で殺された。
アン　この大嘘つきめ。王妃マーガレット※3様が目撃者だ。
　おまえの人殺し※4の剣が夫の血に煙ったのをご覧になった。
　その剣をおまえの兄たちが払いのけなければ、
　おまえはお妃《きさき》様の胸に突きさすところだった。

※3　ヘンリー六世の妃。『ヘンリー六世』第三部において、妃の目の前で、まずエドワードが王子を刺し、リチャードとジョージがそれに続き、「私も殺して」と訴える妃にリチャードが「ああ、いいとも」と剣を振り上げる様子が描かれる。
※4　F「人殺しの」、Qは「血まみれの」。

リチャード　それは、妃が口汚く罵《ののし》ったからだ。
　罪のないこの肩に連中の罪を負わせようとしたからだ。
アン　それは、おまえの心が血に飢えていたからだ。
　考えることといったら人殺しのことばかり。
　この王を殺したのはおまえだろうが。
リチャード　それは認める。
アン　認めるだと、針鼠《はりねずみ》め！※1　それなら、
　神も認めよう、その非道ゆえにおまえは地獄堕《お》ちだと。
　ああ、お優しく、気だてのよい徳高いお方だったのに。
リチャード　だからこそ天の王様のもとに行くのがふさわしい。
アン　このお方のいる天国には、おまえは絶対行けやしない。
リチャード　私は感謝されてもいいくらいだ、王を
　この世よりふさわしいところにお送りして差し上げたのだから。
アン　おまえにふさわしいところは地獄以外にない。
リチャード　一ヶ所ある。どこだか言おうか。
アン　どこかの地下牢。
リチャード　あなたの寝室。
アン　おまえの寝る部屋には不安ばかりが満ちあふれるがいい。
リチャード　そうなるだろう、あなたと寝るまでは。

※1　針鼠 Hedge-hogge は豚 hog の類語ゆえ、グロスター公リチャードの紋章である猪（いのしし）を連想させる。

アン　そうなるがいい!
リチャード　そうなるとも。だが、優しいアン、
こんな激しい機知の応酬はやめにして、
もっと穏やかに話そうではないか。
プランタジネット※2家の二人、ヘンリー王とエドワード王子の
非業の死をもたらした黒幕こそ、
下手人同様悪いとは思わぬか。
アン　おまえが黒幕、そして呪わしい下手人だ。
リチャード　あなたの美しさなのだ、手を下させた黒幕は。
あなたの美しさが、寝ても覚めても私を悩ませ、
世界中の男を殺してもいいと思わせたのだ、
あなたの素敵な胸にほんの一時《いっとき》でも抱かれうるなら。
アン　そんなことがあるものか※3、人殺し、万一そうなら、
この爪でこの頬から美しさを引き裂いてみせる。
リチャード　その美しさが壊されるのをこの目は見てはおられぬ。
私がおそばにいる限り、それを穢《けが》す真似はさせぬ。
この世が太陽の恵みで生きているように、
私はあなたの美しさで生きている。あなたはわが光、わが命だ。
アン　おまえの光など闇に消えろ。おまえの命など死に絶えろ。

※2　プランタジネット家とは、リッチモンド伯がヘンリー七世としてテューダー王朝を打ち立てるまで十二世紀半ばから続いてきたイングランド王家。ゆえに、ヨーク家もランカスター家も「プランタジネット」である。

※3　If I thought that...「そうは思わない」ということを前提にした仮定法（「万一そう思うことがあったなら……」）。
これまでの翻訳によくあった「そうと知っていたら……引き裂きもしたであろうに」のように、「知っていたら引き裂いたのに（知らなかった）」「引き裂いておけばよかった」という意味ではない。

リチャード　ご自分を呪ってはいけない、どちらも君※1なのだ。

アン　そうだったらよかった、おまえに復讐《ふくしゅう》してやるためにも。

リチャード　君を愛する男に復讐するとは、
筋の通らぬおかしな話。

アン　夫を殺した男に復讐するのは、
筋の通った真っ当な話。

リチャード　君から夫を奪った男は、
君にもっとよい夫を与えようとしたのだ。

アン　もっとよい夫などこの世におらぬ。

リチャード　いるのだ、君をもっと愛している男が※2。

アン　誰？

リチャード　プランタジネット※3。

アン　　　　それこそ亡き夫。

リチャード　同じ名前だが、もっといい男だ。

アン　どこにいる？

リチャード　　　　ここに。

アンはリチャードに唾《つば》を吐きかける。

リチャード　　　　どうして唾をかける？

※1　これまでリチャードは「あなた」(you) と呼びかけていたが、Fではここから「君」(Thou) に変わり、口説きのモードに入る。

※2　「いるのだ」という倒置は、FのHe liues,というカンマで区切られた表現に対応する。Qでは間投詞が加わり、「いやいや、あなたをもっと愛している男がいる」(Go to, he liues that loues you ...) となっている。ここでQはyouに一瞬戻っているが、Fでは一貫してtheeである。

※3　このあたり詩行分割により、畳み掛けるような台詞の流れとなる。

アン　その唾がおまえを殺す毒であればよかった。
リチャード　毒など出てこぬ、そんなかわいい口から。
アン　毒でも死なぬ、おまえほど汚らわしい蟇蛙《ひきがえる》は。
消えておしまい！　目が穢《けが》れる。
リチャード　その目が、この目を虜《とりこ》にしたのだ。
アン　この目がバジリスク※4となり、おまえをにらみ殺せればいい。
リチャード　殺しておくれ。すぐ死んでしまいたい。
だってほら、その目のせいで、この身は生殺《なまごろ》しだ。
君のその目はこの目から塩辛い涙を引き出し、
恥ずかしくも、子供じみた滴《しずく》をためさせている。
※5憐れみの涙などついぞ零《こぼ》したことがないこの目が——。
そう、おぞましい形相《ぎょうそう》をしたクリフォードの剣にかけられて、
ラットランド※6が断末魔の悲鳴を上げ、
父ヨークと兄エドワードが涙した時でさえ、
そしてまた、君の勇猛なお父上※7が、
わが父の悲壮な死に様を話して、
子供みたいに二十遍も言葉に詰まってすすり泣き、
見守る連中の頬が、皆、雨に打たれた木立《こだち》のように
濡れそぼったあの時も。そんな悲しみの時でさえ、

※4　ひとにらみで人を殺したと言われる伝説上の動物。
※5　この行より一二行、「泣き濡れてこの目を見えなくする」までFのみ。アレグザンダー・ポープが「美しい詩行」と呼んだ箇所。
※6　リチャードの幼い弟（史実では次兄）ラットランド伯は、クリフォード卿に殺され、その血にひたしたハンカチをマーガレットは父ヨーク公につきつけて涙を拭けと嘲った末にヨーク公を殺した。
※7　アンの父親ウォリック伯がヨークやリチャードとともにランカスター家を敵にして戦ったことのみを語り、ウォリック伯がその後ヨークの敵となったことを語らないのはリチャードの心理作戦。

この男子《だんし》の目は、卑屈な涙を軽蔑《けいべつ》した。
それほどの悲しみでさえこの目に引き出せなかったものを
君の美しさは呼び起こし、泣き濡れてこの目を見えなくする。
味方にも敵にも嘆願など絶えてしたことのない私だ。
この舌に甘くなめらかな言葉など乗せることはできない。
だが今、君の美しさが報《むく》いとなるなら、
高慢な心を曲げて訴え、不器用な舌で嘆願する。

アンは侮蔑の目でリチャードを見ている。

そのような蔑《さげす》みを唇に教えるな。それは
口づけのためのもの。蔑みのためのものではない。
復讐に逸《はや》るお心ゆえ、どうあっても赦せぬと言うなら、
さ、こうして、この鋭い剣をお貸ししよう。
これをどうそわが真心こもるこの胸深くに収めて、
君を崇《あが》める魂を引きずり出してくれ。
死の一撃を受けるべく、胸をはだけ、※1
こうして膝をついて、慎ましく死を願おう。

リチャードは胸をはだけ、アンはそこに剣を突き立てようとする。

※1　シェイクスピアにおいてト書きの位置は必ずしも厳密ではない。「リチャードは胸をはだけ、」というト書きは次行の次にあるが、この台詞を言いながら、胸をはだけるのが普通。

だめだ、[※2] ためらっては。ヘンリー王を殺したのはこの私。
だが、君の美しさなのだ、私を唆《そそのか》したのは。
だめだ、やるなら今だ。ご主人のエドワードを刺したのはこの私。
だが、君の神々しいお顔なのだ、私に火をつけたのは。

　アンは剣を落とす。

さあ、剣をお取りなさい、さもなければ、私をお取りなさい。

アン　立ちなさい。白々《しらじら》しい。おまえなんか死ねばいいが、
この手を汚《よご》す気はない。

リチャード　では、自害を命じてくれ。やってのけよう。

アン　もう命じた。

リチャード　怒りに任せてだ。
もう一度言ってくれ。そしたらこの剣で、
君を愛するあまり君の恋人を殺してしまったこの手で、
君を愛するあまり君の真《まこと》の恋人を殺してみせよう。
どちらの男が死ぬのも、君のせいだ。

アン　おまえの本心を知りたい。

リチャード　この舌で言ったろ。

アン　その舌も心も嘘ばかり。

※2　アンが剣を突き立てようとするとき、そのかすかな瞬間を捉えて言うリチャードの「だめだ」でびくりと止まり、「ヘンリー王を殺したのはこの私」で止まった剣がまた振りかざされるが、「だが」でまた止まる。それが二度繰り返され、ついに剣を落とすという流れが考えられる。「だめだ、ためらっては」というリチャードの台詞が文字どおりアンの躊躇を示すと考える必要はない。ト書きには「アンはそこに剣を突き立てようとする」とはっきり書かれているのだから。
　なお、Qでは、「ご主人を殺したのはこの私」が先で、「ヘンリー王を殺したのはこの私」が後。

リチャード　では、誠《まこと》の男はいないことになる。
アン　もういいわ、剣を収めなさいな。※1
リチャード　じゃ、言ってほしい、仲直りができたと。
アン　それはいずれまた。
リチャード　だが、希望を持っていいんだな。
アン　誰だって希望ぐらいは持つでしょうよ。
リチャード　どうか、この指輪をはめてください。※2
　ほら、ご覧、こうして私の指輪が君の指を包みこむ。
こうして哀れなわが心は君の胸に抱きしめられる。
指輪も心も君のもの、身につけていてくれ。
そして、もし、君に身を捧げる哀れな僕《しもべ》が
この雅《みやび》なお手にする願いを一つだけかなえてもらえれば、
君はその男を永遠に幸せにすることになる。
アン　何?
リチャード　この悲しい葬儀を、喪主となるべき※3
最大の理由がある男にお任せになって、あなたはこのまま
まっすぐわが家《や》クロスビー邸へお越しください。
こちらはチャートシーの僧院で
この気高い王をおごそかに埋葬し、

※1　アンはここで、それまでの「おまえ」(thou)から「あなた」(you)に言葉遣いを変えている。

※2　相手の指に指輪をはめる行為には儀式性が伴う。Qでは、この直後にアンの弁明「受け取っても何のお返しもありませんよ」が加えられることで、この特別な雰囲気が壊されることになる。
　また、Fでは、アンが気づいたときには指輪をはめられていたという速い展開になる。

※3　再びモードが変わる。指輪をはめることに成功したリチャードは、今度は丁寧な態度に出る。Qではリチャードがアンをthou(君)からyou(貴女)に変えて呼びかけるのは次頁より。

後悔の涙で墓を濡らしたのち、
急ぎ、わが家《や》にとって返してあなたにお会いします。
ほかにもいろいろ申し上げていないわけがありますが、
どうかこのお願いをお許しください。

アン　喜んで。それほど改心なさるとは、
とても嬉しいこと。
トレッセル、バークリー、一緒に来ておくれ。

リチャード　では、お別れの挨拶を。〔キスをしようとする〕※4

アン　だめ、そんなこと。
でも、お世辞の言い方を教わりましたから、
もうさようならをしたとお思いなさい。

アンは〔トレッセルとバークリーの〕二人とともに退場。

紳士※5　〔仲間と共に柩《ひつぎ》を担ぎながら〕チャートシーへですね、殿下。

リチャード　いや、ホワイトフライアーズ※6だ。そこで待っておれ。

柩〔、紳士たちや護衛に運ばれて〕退場。

リチャード　こんな気分の時に口説かれた女がいるか。
こんな気分の時に口説き落とされた女がいるか。
あれは俺のものだ。だが、ずっと大事にするつもりはない。
えっ！　あれの亭主も父親も殺したこの俺が、

※4　さようならの挨拶として私に幸せを祈ってください、というのが字義どおりの意味。〔　〕の中は原文にない。これまでの編者や翻訳者はキスのことを指摘しなかったが、エリザベス朝戯曲において別れ際にキスをすることは多い。たとえば『終わりよければすべてよし』第二幕第五場等を参照。アンの「もうさようならをしたとお思いなさい」という意味が変わってくる。

※5　Qではこの直前にリチャードの「君たち、柩を担げ」がある。

※6　ロンドンのフリート街にある僧院。リチャードが、予定された場所と違う場所を指示したということ以上の意味はなさそうだ。

心の底から俺を憎み抜いている女をものにしたとは！
口には呪い、目には涙、そして足元には
俺の憎しみの証人が血を噴いていたというのに。
神にしろ、良心にしろ、何だって俺を遠ざけたはずだ。
しかもこっちの味方になるものと言えば、
ただ、悪魔の心とおためごかしの顔だけだ。
なのに、ものにした。全世界を敵に回して味方はゼロだったのに※1！
は※2！
あの女はもう忘れたのか、自分の亭主、
あの立派な王子エドワードを？　この俺がほんの三月《みつき》前、
テュークスベリーの戦い※3でかっとなって殺しちまった男を？
俺なんかよりずっとましの、見《み》目麗《めうるわ》しき、素敵な貴公子、
自然の神様が腕によりをかけてお創りになった逸品だ。
若くて雄々しく賢くて、しかもまごうかたなき王子様、
世界広しと雖《いえど》も、あれほどの玉は二度と出て来《き》やしない。
それなのに、あの女、下を見て、俺に目をかけるのか。
あの優しい王子の花の命を摘み取って、
あの女を後家にし、独り寝の悲しみに追いやったこの俺を？
エドワードの爪の垢《あか》にも及ばぬこの俺を？

※1　原語はAll the world to nothing. 得点を「何対何」という言い方と同じ。つまり「全世界対ゼロ」。
※2　この言葉だけで一詩行を形成するということは、このあと四拍半の空白があることを意味する。
※3　9頁注3参照。

足が悪くて、こんなにみっともないこの俺を？
わが王国をびた銭《せん》一枚に賭《か》けてもいい、
俺ァこれまで自分を思い違いしていたんだ。
どうしてだかわからんが、あの女の目には、
俺がすばらしく立派な男に映ったに違いない。
ひとつ奮発して鏡でも買おう。
仕立て屋も二、三十人雇って、
この体を飾るファッションの研究と洒落《しゃれ》よう。
自分がまんざらでもなくなってきたからには、
多少金をかけても恰好《かっこう》よくするぞ。
だが、まず、あのじじいを墓に放り込んで、
それから嘆き節でわが恋人のもとへ帰ろう。
鏡を買うまで照っておくれよ、お天道《てんと》さんよ、
道々見とれて行きたいからな、自分の影に。※4

退場。

※4　最後の二行はglasseとpasseで韻を踏む二行連句になっており、恰好よく終わる感じになっている。
　太陽への嫌悪で始まったこの場は、その対価でありつつ相関関係にある影への執着で終わる。

第一幕　第三場

王妃、リヴァーズ卿《きょう》、グレイ卿〔とドーセット侯爵※1〕登場。

リヴァーズ　ご辛抱を、姉上。陛下はきっとすぐ
ご快復なされましょう。

グレイ　母上が落ち込めば、かえって陛下のご病気にさわります。
ですから、どうか、気を取り直して、
明るく陽気なお顔※2で陛下を元気付けてください。

王妃※3　陛下がお亡くなりになったら、私はどうなるのだろう。

グレイ　立派な夫をなくす、禍《わざわい》はそれだけです。

王妃　立派な夫をなくせば、あらゆる禍が起きる。

グレイ　夫亡きあとのお慰めとなるように、神様が
立派なお世継ぎをお恵みくださったではありませんか。

王妃　ああ、あの子はまだ幼い。しかも、その後見は、
グロスター公リチャードに任されている。
私やおまえたちを嫌っている男に。

リヴァーズ　あの男が摂政になると決まったのですか。

※1　グレイ卿が弟、ドーセット侯爵が兄であり、二人とも王妃エリザベスの連れ子。ドーセット侯爵の登場はFQともに指定がない。36頁でリチャードやヘイスティングズと共に登場するとする編者もいるが、王妃と行動をともにする方が自然か。

※2　Fの原語は「目」(eyes)。王妃は今にも泣き出しそうな顔をしているのであろう。Qは「言葉」(words)。

※3　Qではリヴァーズの台詞。

王妃　どうせそうなる、決まったわけではないが。※4でも、
そうなるに違いない、王がお亡くなりになれば。

バッキンガム※5〔公爵〕とダービー〔伯爵スタンリー※6〕登場。

グレイ　バッキンガム公とダービー伯がお見えです。
バッキンガム　お妃《きさき》様にはご機嫌うるわしゅう。
ダービー　幾久しくご機嫌よろしゅう。
王妃　リッチモンド伯爵※7の母君は、ダービー伯爵の
今の善良なるお祈りにご同意はなさりますまい。
でも、ダービー伯、今はそなたの妻となったあの方が
私を愛さぬとしても、あの方の尊大な気位の高さゆえに
善良なる閣下を憎んだりは致しません。
ダービー　どうか、妻を陥《おとしい》れようとする
妬《ねた》みがましい誹謗《ひぼう》中傷をお信じになりませんよう。
またもし、妻の嫌疑が真実でありましょうとも、
あれの心の弱さとお赦《ゆる》しください。気まぐれな
病から出たことで、根のある悪意ではございません。
王妃※8　今日は陛下にお会いになりましたか、ダービー伯。
ダービー　たった今、バッキンガム公と私は、

※4　「決まったのです（It is determin'd）。批准はまだですが（not concluded yet）」とも解釈できる。しかし、determinedには、10頁の台詞同様「そうなるしかない」という宿命的な意味合いがある。
※5　71頁の注参照。
※6　初代ダービー伯トマス・スタンリー（一四三五？～一五〇四）。伯爵となるのは史実ではボズワースの戦いの後。
※7　のちのヘンリー七世。その母はジョン・オヴ・ゴーントの曾孫マーガレット・ボーフォート。エドマンド・テューダーとの間にヘンリー（リッチモンド伯）を産んだ。スタンリーと再婚。
※8　Qではリヴァー

ご拝謁《はいえつ》より下がってまいったところです。

王妃　ご快復の見込みはいかがでしょう？

バッキンガム　大いにあります。陛下は陽気にお話しになりました。

王妃　ああ、よかった、陛下とお話しになられたのね。

バッキンガム　ええ、陛下はグロスター公と

お妃様のご兄弟※1の不和、さらには宮内大臣殿とのあいだを

とりなそうと、皆を御前にお召しになるべく

お使いをお出しになりました。

王妃　それでまとまるならいいが——無理であろう。

我らが幸せもここらが峠《とうげ》。

リチャード〔、ヘイスティングズとともに※2〕登場。

リチャード　ひどい話だ、けしからん！

一体誰だ、私が冷酷で、あの方々を愛しておらぬなどと

陛下に文句を言ったのは？

聖パウロにかけて、そんな喧嘩《けんか》の種を蒔《ま》くような噂で

陛下の耳を満たす連中は、陛下を愛しておらぬのだ。

私はおべっかを使えない、愛想を振りまけない、

にやつきへつらい、ご機嫌をとって騙《だま》すこともできなければ、

ズの台詞。

※1　この劇では、王妃の兄弟は弟のリヴァーズ伯一人のはずだが、ここと第四幕第四場では複数形（brothers）になっている。リヴァーズ伯が複数扱いされている点については73頁注5参照。

※2　FにもQにもヘイスティングズの登場が記されていないため、ここでリチャードと一緒に登場させるのが校訂の伝統となっている。ヘイスティングズと王妃らの険悪な仲を考えれば、王妃らと一緒の登場はありえないだろう。また、ここでドーセット侯爵の登場を指定する編者もいる。

フランス流の会釈も、猿のようにぺこぺこお辞儀もできない、
だからといって私は腹黒い敵だと決めつけられてしまうのか。
正直者が真っ当に生きていこうとしているのに、
その実直さは、へらへらと狡猾なゴマすり野郎のせいで、
こうも捻《ね》じ曲げられねばならぬのか。

グレイ※3　誰に話しておられるのです、※4閣下？

リチャード　あんたにだよ、人をカッカとさせる不心得者にだ。
私がいつあんたを傷つけた？　いつひどいことをした？
それとも、あんたに？　※5あんたに？　あんたら一味の誰に？
みんな疫病にでもとりつかれろ！　国王陛下は、
――あんたたちが望む以上に長生きをされよう――
陛下が静かに息をする間もあらばこそ、
下種《げす》な申し立てをして陛下を悩ますとは。

王妃　弟グロスター、それは誤解です。
陛下は、ご自身のお気持ちから――
誰に唆《そそのか》されたわけでもなく――
たぶん、あなたの胸にある憎悪が
行動に表れ、私の子供たち、兄弟、
そして私自身に向けられているのをお察しになって――

※3　Qではリヴァーズ伯。
※4　原文では your Grace（閣下）と呼びかけられたのに応じて、「正直さもGrace（徳）もないおまえにだ」と言葉遊びをしている。
※5　リヴァーズ伯やドーセット侯に向けられた言葉。ここでは thee（おまえ）が用いられているが、リチャードは王妃に話しかけるときには you（あなた）に戻している。

その悪意の原因を知ろうとあなたをお呼び出しになったのです。※1

リチャード　どうですかな。近頃はひどい世の中になって、
鷲も止まらぬ高い枝で鷦鷯《みそさざい》が餌を漁《あさ》る。
下衆《げす》が紳士階級になりあがり、
紳士が下衆にされてしまう。

王妃　まあ、まあ、わかっていますよ、弟グロスター、
あなたは私どもの昇進を妬《ねた》んでいるのだ。
今後とも、あなたの世話にはなりませんよ。

リチャード　ところが、こちらはお世話になりっぱなしだ。
おかげさまで、兄は投獄され、
私は恥辱を受け、貴族階級は侮蔑《ぶべつ》される。
その一方で、毎日ご栄達の大盤振る舞い、
つい二日前までは、いるだけで癪《しゃく》に障《さわ》るような連中が
今じゃ爵位を持つのだから。※2

王妃　かつて私がいた幸せから
このわずらわしい高みへと私をお引き上げなさった神に誓って、
陛下に嘘を嗅《か》がせて
クラレンス公を貶《おとし》めたのは私ではない。
むしろあの方を熱心に弁護しました。

※1　Qではここに「それを取り除こうとして」という意味を含んだ一行が加わる。「あなたをお呼び出しになった」の原意は「お使いをお出しになった」。36頁のバッキンガムの「皆を御前にお召しになるべくお使いをお出しになりました」に呼応する。皆が御前に集まるのは第二幕第一場。

※2　原文には「ノーブル硬貨の価値もなかった人がノーブル（貴族）になる」という言葉遊びがある。

殿下のなされようは、恥知らずの侮辱、
忌まわしい疑惑に無実の私を巻き込もうとするものです。

リチャード　ヘイスティングズ卿のこの度の投獄についても
あなたが手を下したのではないと否定できるわけだ。

リヴァーズ　できますとも、殿下、なぜなら※3――

リチャード　できますとも、リヴァーズ卿、誰でも知っている。
否定どころか、もっといろいろおできになる。
お妃様は君たちを大いに昇進させるのに骨を折りながら、
手など貸していないと空《そら》とぼけ、
栄誉を得たのは美徳のせいだと言うこともできる。
できないことなどあるか。できるよ、結構――

リヴァーズ　結構何ができると？

リチャード　結構何ができる？　結婚ができる。
独身で二枚目の青二才だった王とな。
君のばあさんの亭主※4運の悪さとは段違いだ。

王妃　グロスター公、あなたの露骨な非難、
度《ど》し難い嘲笑《ちょうしょう》、もはやこれ以上耐えられません。
これまで我慢してきた罵詈雑言《ばりぞうごん》、
誓って陛下のお耳に入れます。

※3　「なぜなら――」はFのみ。

※4　リヴァーズ伯やエリザベスの祖母の夫とは、『ヘンリー六世』第一部に登場するロンドン塔長官リチャード・ウッドヴィル（一四四一年死亡）。王族どころか小役人。

王妃の身でありながら、このように、
嚙みつかれ、馬鹿にされ、罵《ののし》られるなら、※1
田舎の女中にでもなったほうがまし。
イングランドの王妃であっても喜びなどごくわずか。

※2老いた王妃マーガレット〔が背後にそっと〕登場。

マーガレット　〔傍白〕そのわずかがもっとわずかになれ。
おまえの名誉も、身分も、王座ももとは私のものだ。
リチャード　おや、王に話すぞと私を脅すのか。
※3王のご面前でだって断言できるぞ。
※4ロンドン塔送りになってもかまわない。
言うべき時が来た。わが働きがすっかり忘れられたようだ。
マーガレット　〔傍白〕悪魔め！　その働き、忘れるものか。
わが夫ヘンリーをロンドン塔で殺し、
哀れな息子エドワードをテュークスベリーで殺しおって。
リチャード　あなたが妃となり、そう、あなたの夫が王となるまで、
私は兄の大義のために駄馬のように働いた。
兄の驕《おご》れる敵を根こそぎにし、
兄の味方には惜しみなく分け与え、

※1　Qは「嘲られ、ばかにされ、嚙みつかれ」。

※2　このト書きはQでは一行前にある。いずれの場合も、マーガレットがエリザベスの言葉を立ち聞いていたことがわかるようにする演出が必要。
　史実では、エドワード四世が死ぬ前年の一四八二年にヘンリー六世の王妃マーガレットはフランスで没している。死者をわざわざ登場させたのは、この芝居に「呪い」の力を与えるためだろう。

※3　Qではこの前に「話すがよい、遠慮なく。よいか、今言ったこと」の一行がある。

※4　この行、Fのみ。

兄の血を王の血とするために、自分の血を流したのだ。
マーガレット 〔傍白〕 ああ、もっとずっと尊い血も流したぞ。
リチャード その間ずっと、あなたとあなたの夫グレイは、
ランカスター家の一味だった。リヴァーズ伯爵、あなたもだ。
〔王妃に〕 あなたの夫は、聖オールバンズの戦い[※5]で
マーガレットの武将として殺されたのではなかったかね。
お忘れなら、思い出させて差し上げよう、
かつてあなたがたが何者であって今何者であるか、
ついでに、かつての私、今の私が何者であるか。
王妃マーガレット[※6] 〔傍白〕 人殺しの悪党だ、昔も今も。
リチャード かわいそうなクラレンスは舅《しゅうと》ウォリックを見捨て、
そう、自分を裏切ったのだ[※7]――神のお赦しがありますよう――
王妃マーガレット 〔傍白〕 神の復讐《ふくしゅう》がありますよう。
リチャード エドワードに王冠を戴《いただ》かせるべく、戦うためだ。
その報いが、かわいそうに、牢獄送りだ。
この心もエドワードのように鋼《はがね》であればよかった。でなければ、
エドワードの心が私のように柔軟で哀れみ深かったら。
私ときたら子供のように醇朴《じゅんぼく》すぎて、この世では生きていけない。
王妃マーガレット 〔傍白〕 恥じて地獄へ行き、この世を去れ。

※5 リチャードがサマセットを殺した最初の聖オールバンズの戦い（一四五五年）ではなく、第二の聖オールバンズの戦い（一四六一年）。

※6 マーガレット（*Mar./Margaret.*）の表示がFのこの頁のみ*Q.M.*になる。

※7 クラレンスは、ウォリック伯の娘イザベル・ネヴィルを嫁にした。また、兄王エドワードが勝手にグレイ夫人を王妃にしたとき、エドワードを見限り、激怒してランカスター側に寝返ったウォリック伯についた（『ヘンリー六世』第三部第四幕第一場）。しかし、やがてリチャードの説得に応じてウォリックを見捨て、ヨーク側に戻った（同第五幕第一

場）。

この悪魔め、そこがおまえの王国だ。

リヴァーズ　グロスター公、我らを敵に仕立てようとあのせわしない時代のことをおっしゃるが、私たちはあの時の主君、当時の王に従ったまで。あなたが王であれば、あなたに従うまでのこと。

リチャード　私が、王だって！　むしろ、行商人[※1]になりたいね。王になるなんて、思いもよらない。

王妃　この国の王となったところで、お察しのとおり、喜びなどありません。この国の王妃となった私に、お察しのとおり、喜びがないように。

王妃マーガレット　〔傍白〕王妃に喜びなどありはせぬ。私こそ王妃、なのに喜びは一切ないのだから。もはやじっとしてはおられぬ！

〔前に進み出て〕聞け、海賊ども、私から奪ったものを分けるのに仲間割れの喧嘩《けんか》かい。この顔を見て震えあがらない者がいるか。王妃である私に、もはや臣下としてお辞儀をせぬとしても、私から位を剝《は》ぎ取った謀叛《むほん》人として身震いするがいい。

※1　「行商人」とは、背中にこぶを背負ったリチャードが、荷物を背負って行商する自分をイメージしてみせた自虐的ジョークか。74頁注2参照。

ああ、心優しい※2悪党殿！　そっぽをむくな。

リチャード　汚いしわくちゃの魔女め。なんで現れた？

王妃マーガレット　おまえたちがめちゃくちゃにしたものを
数え上げるためだ。それが済むまでは放さんぞ。

※3リチャード　追放されたのではなかったか。見つかれば死刑だぞ。

王妃マーガレット　そうだ。だが、追放は耐え難い、
自分の居場所で死んだほうがましだ。
〔リチャードに〕おまえには夫と息子を返してもらわねばならぬ。
〔王妃に〕おまえには王国を。おまえたち皆には、忠誠を。
この私の悲しみは、本来はおまえたちのもの。
おまえたちが横取りした喜びはすべて私のもの。

リチャード　わが気高い父上がおまえにかけた呪いを思い知れ。
父上の雄々しい額に紙で作った王冠をかぶせ、
嘲笑を浴びせて父の目から涙を川と流させ、
それを拭《ふ》けと、かわいいラットランドの
罪なき血に浸《ひた》した布切れを父上に突きつけた時だ※4――
あの時、おまえに向けて発せられた
魂の苦痛に歪《ゆが》んだ呪いが、今おまえに降りかかっているのだ。
我々ではない、神がおまえの血腥《ちなまぐさ》い所業を罰しているのだ。

※2　原語gentleは「高貴な、生まれのよい」の意もあるが、「優しい」の意味もある。ここでは皮肉として、後者の意味を採った。

※3　ここより三行、Fのみ。

※4　この場面は、『ヘンリー六世』第三部第一幕第四場に描かれている。「ああ、女の皮をかぶった虎の心よ！」の台詞で有名。本書27、165、178頁参照。

王妃　正義の神は、罪なき者の味方。
ヘイスティングズ　ああ、非道の極みだ、あの幼子《おさなご》を殺すとは、
　前代未聞の残虐さだ。
リヴァーズ　あの知らせには、どんな情け知らずでも涙した。
ドーセット　必ず復讐《ふくしゅう》をと誰もが思った。
バッキンガム　その場にいたノーサンバランド※1さえ泣いた。
王妃マーガレット　なんと！　私が来るまではいがみ合って、
互いの喉《のど》に飛びかからんばかりだったのに、
今度はその憎悪を一斉に私にぶちまけるのか。
ヨークのひどい呪いがそれほど天国に響き渡り、
ヘンリーの死も、かわいいエドワードの死も、
王国の喪失も、わがみじめな追放も、
皆、あのひねくれ小僧の命の代償だとでも言うのか。
呪いは雲をつきぬけ、天国に届くのか。それならば、
どけ、どんよりした雲よ、矢のごときわが呪いに道をあけろ。
おまえたちの王は戦《いくさ》で死なぬなら、やりすぎ※2で死ね、
あいつが王になったのも、わが王が殺されたからだ。
今や皇太子となったおまえの息子エドワードは、
かつての皇太子、わが息子エドワードのために、

※1　ランカスター側の武将。『ヘンリー六世』第三部第一幕第四場で捕らえられたヨーク公が「女の皮をかぶった虎の心」とマーガレットに向かって叫ぶとき、その場にいて心を動かされて泣きそうになる。

※2　王の性的放縦については、この劇で何度も言及される。17、127、131頁を参照のこと。

同じような非業の死によって若死にするがいい。
王妃であるおまえは、王妃であった私のために、
みじめな私同様、落ちぶれて生き恥をさらせ。
せいぜい長生きをして子供の死を嘆け、そして
わが王座を横取りしたように、おまえの権利で飾り立てた
別の王妃を、今私がおまえを見るように見るがいい。
おまえの幸せな日々は、おまえが死ぬ前に疾《と》うに死に絶え、
おまえは、長く果てしない悲しみの歳月を経た挙げ句、
母でもなく、妻でもなく、王妃でもない者として、死ね。※3
リヴァーズ、ドーセット、おまえたちはただ見ていたな、
それにヘイスティングズ、おまえもだ、わが息子が
血まみれの短剣で刺し殺された時に。ええい、
おまえたちの誰一人として、寿命を全うせず、
非業の死を遂げるがいい！

リチャード　呪文はやめろ、この嫌らしいしわくちゃ婆《ばば》あ。

王妃マーガレット　おまえが残っていたね。待て、犬、聞くのだ。
おまえの上に降りかかれと私が願うよりも
もっと悲惨な疫病がこの世にあるとしたら、
おまえの罪が熟すまでどうか天がそれを蓄え、

※3　この呪いがのちに成就しかかることについては148頁注1参照。

いよいよ[※1]という時に、この世の平安を乱すおまえの頭上に、
その憤怒を叩きつけますよう！
おまえの魂は良心[※2]という蛆虫《うじむし》に常にむさぼられ、
生きている間は、味方を裏切り者と疑い続け、
大の裏切り者を大事な味方と間違え、
そのおぞましい目は眠りで閉じられることはなく、
閉じたとしても悪夢にうなされ、
醜い悪魔たちがひしめく地獄に怯《おび》えろ。
この生まれそこないの出来損ない、大地を掘り返す豚[※3]、
生まれながらにして烙印《らくいん》を捺《お》された者、
悪魔の申し子と定められ、
母親が痛めた胎《はら》を踏みにじり、
父親の憎しみを受けて生まれた、
恥知らずの、忌ま忌ましい——

リチャード　マーガレット！

王妃マーガレット　リチャード。

リチャード　え？

王妃マーガレット　呼んだのではない[※4]。

リチャード　これは失礼、てっきり今までの悪口は皆、

※1　これは、ハムレットがクローディアスに対して抱く感情と似ている。罪に染まり切っていれば、死後救われることはないという発想。

※2　一見リチャードに良心はないかのように思えるかもしれないが、良心はこの劇のテーマの主たるテーマ。60～61頁及び212～213頁参照。

※3　「豚」(Hogge)にはリチャードの紋章である「猪」(wild boar)との関連性があるが、ここでのイメージは、はっきり「豚」。

※4　間髪容れずに台詞が続く。前の台詞と合わせて一行の詩行を形成する詩行分割(split line)である。

私に向けたものかと思っていた。
王妃マーガレット　そりゃそうだ、だが返事を求めてはいない。
さあ、わが呪いの締めくくりだ！
リチャード　もう私が締めくくった。「マーガレット」で終わりだ。
王妃　自分で自分を呪ったわけね。
王妃マーガレット　（王妃に）絵に描いた妃、わが王座の徒花《あだばな》よ、
なぜ毒で背中をふくらませた蜘蛛《くも》に砂糖をまぶす？
そのおぞましい蜘蛛の糸でその身をがんじがらめにされながら？
馬鹿、馬鹿だよ、おまえは、自分を殺すナイフを研《と》いでいるのだ。
いずれこの毒を吐くせむしの蟇蛙《ひきがえる》を呪うために
私に助けを求める日が来るだろう。※5
ヘイスティングズ　でたらめな予言はよせ、狂った呪いをかけるな、
我慢も限界、痛い目に遭《あ》わせるぞ。
王妃マーガレット　恥を知れ、我慢ならぬはこちらの方だ。
リヴァーズ　本来なら身の程をわきまえさせるところだぞ。
王妃マーガレット　本来、身の程をわきまえるのはおまえたちだ。
私が王妃であり、おまえたちが家来だ。
さ、本来どおり、おのれの身の程を知るがいい。
ドーセット　相手にするな、頭がおかしいんだ。

※5　第四幕第四場参照。

王妃マーガレット　黙れ、侯爵坊や、※1 生意気な。
成り上がったばかりで貴族のつもりかい。
ああ、おまえさんのような青二才の貴族にも
身分を失うみじめさを味わってもらいたいものだ。
高くそびえればそびえるほど風当たりは強い、
落ちれば、こなごなになるぞ。

リチャード　いい忠告だ。覚えておけ、覚えておけ、侯爵。

ドーセット　私と同様、あなたにも当てはまることです、殿下。

リチャード　そう、君以上にな。だが、私の生まれは高すぎる。
わが一族の巣は、杉の梢《こずえ》に作られ、※2
風と戯れ、太陽を嘲笑《あざわら》う。

マーガレット　そして太陽を翳《かげ》らすのだ、ああ、ああ！
太陽※3のようだったわが息子を見よ、今や死の闇にある。
その輝かしくきらめく光を、おまえの曇った怒りが
とこしえの暗闇に葬ったのだ。
おまえたちの雛《ひな》は、我らが巣を横どりしてそこに巣くっている。
神よ、照覧あれ、これをお赦《ゆる》しにはならぬよう。
血をもって勝ち得たものは、血をもって失うのだ。

バッキンガム　黙れ、黙れ、慈悲を知らずとも恥を知れ。

※1 ドーセット侯爵トマス・グレイ（一四五一〜一五〇一）は、一四八三年当時三十二歳。立派な成人に侮辱的な呼びかけをしている。

※2 王族を表す。「エゼキエル書」一七・三。

※3 再び sun と son の掛詞。

マーガレット　私に慈悲だの恥だの言うでない。※4
おまえたちこそ無慈悲そのもの。
恥知らずにもわが希望の人を殺したくせに。
私の受けた慈悲とは暴虐、生きることは恥だ。
その恥にまみれて、悲しみの怒りがなお燃えさかるのだ。

バッキンガム　もうよい、もうよい！

マーガレット　ああ、高貴な※5バッキンガム、その手に口づけしよう。
おまえとの同盟、友好のしるしだ。
おまえの気高い一族に幸運が訪れますよう。
おまえの服にはわが一族の血の染みはついておらず、
おまえにはわが呪いは及ばない。

バッキンガム　ここにいる誰にも及ばぬ。呪いというものは、
それを口にした者の口から離れはせぬ。

マーガレット　いやいや、呪いは天に馳《は》せ昇《のぼ》り、
※6そこで静かにまどろむ神を起こすのだ。
おお、バッキンガム、あの犬に気をつけろ！
しっぽを振って擦《す》り寄るかと思えば嚙《か》みつく。
嚙まれると、毒にやられて死んでしまう。
係わり合いを持つな。用心しろ。

※4　マーガレットは、このときバッキンガムに話しかけられたことを認識しておらず、次の「もうよい、もうよい」で初めてバッキンガムを認識するらしい。

※5　原語はPrincely（王族の血筋の）。バッキンガムはエドワード三世の末裔。

※6　「詩篇」七八・六五参照。

あの体には罪と死と地獄のしるしがついている。
それぞれの僕《しもべ》がやつにつき従っている。
リチャード　その女、何を言っているのだ、バッキンガム公？
バッキンガム　くだらぬたわごとです、殿下。
マーガレット　へえ、親切に忠告しているのに馬鹿にするのかい？
離れていろと教えてやった悪魔にへつらうのか。
ああ、覚えていろ、いつかきっとあいつが
おまえの心を悲しみで引き裂く時が来る。その時、
おまえは言うだろう、哀れなマーガレットは予言者だったと。
みんなこいつの憎悪を受けろ、こいつは皆の憎悪を受けろ。
そしてどいつもこいつも、神の憎悪を受けるがいい。
退場。
バッキンガム※1　あの呪いを聞くと、身の毛もよだつ。
リヴァーズ　私もです。どうして自由放免になっているのです？
リチャード　あの人ばかりが悪いのではない。聖母様にかけて、
あの人も、そりゃあひどい目に遭ってきたからなあ。
私としても手を貸したことが悔やまれる。
王妃※2　私は、何も悪いことをした覚えはない。
リチャード　だが、あの女がひどい目に遭った分、丸儲《もう》けをした。

※1　Qではヘイスティングズ。

※2　Fでマーガレットとなっているのは明らかな誤り。Q6だけはヘイスティングズ。

私はある人のために尽くして熱くなったが、
当のご本人は冷たく、そのことを考えてもくれない。
まったく、クラレンスにしても結構な褒美をもらったものだ。
骨折りの駄賃に閉じ込められて太らされている。
裏で糸を引いた連中に神のお赦しがあればいいが！

リヴァーズ　徳高い、キリスト教徒らしいお考えですね、
我々[※3]に害をなした者のために祈るとは。

リチャード　私はいつもそうしています。

[※4]自分に語る。

リチャード　ぬかりはない。
今呪ったりしては、自分を呪うことになってしまうからな。

[※5]ケイツビー登場。

ケイツビー　お妃《きさき》様、陛下がお呼びです。
〔リチャードに〕そして殿下も。皆様方もどうぞ。

王妃　参りましょう、ケイツビー。皆様、ご一緒願えますか。

リヴァーズ　お供致します。

グロスター以外皆退場。

※3　この台詞の真意は、「我々」はリチャードがあてこするように「裏で糸を引いた連中」ではなく、被害者であるということ。

※4　このト書きは、Fでは「ぬかりはない」の次に来る。当時の版本において、ト書きの位置は必ずしも厳密ではないので、ここでは多くの現代版にあるとおりに移動した。

※5　このト書きはFのみ。ウィリアム・ケイツビーはヘイスティングズに仕えていたが、これを裏切る。一四八三年、リチャードが王位に就くと、大蔵大臣(Chancellor of the Exchequer)となった。一四八四年には下院議長も兼任。ボズワースの戦いで捕らえられ、一四八五年に処刑。

リチャード　悪事を働いて、真っ先に騒ぎ立てる。
こっそり悪さをしておいて、そのひどい罪を
ほかのやつになすりつけるという寸法だ。
クラレンスを闇に放り込んだのはこの俺だが
あの騙《だま》されやすい馬鹿どもの前では泣いてみせる。
即《すなわ》ちダービー、ヘイスティングズ、バッキンガムの前でな。
そして連中に教えてやる、王妃とその一味ですよ、
王を唆《そそのか》して兄クラレンス公を陥《おとしい》れたのは、と。
それをやつらは真に受けて、この俺に
リヴァーズ、ドーセット[※1]、グレイに復讐《ふくしゅう》しろと言う。
だが、そこで俺はふっと溜息をつき、聖書の文句を引用して、
悪には善をもって報いるのが神の教え[※2]とか何とか言ってやる。
こうして、聖書からくすねた使い古しの文句で
赤裸々な悪事に衣装を着せる。
聖者ぶりが板につけば、悪魔の演技は完璧だ。

二人の殺し屋登場。

だが、待て、殺し屋どもだ。
どうした、腹は決まったな、大胆不敵な兄弟分、

※1　Qでは「ヴォーン」。
※2　「マタイ伝」五・四四、「ルカ伝」六・二七－二八、「ロマ書」一二・一四。

例の仕事を片付けに行くか。

悪党※3　はい、殿下、中に入れるよう、
許可証をいただきに参りました。

リチャード　よく気がついた。ここにあるはずだ。※4
かたがついたら、クロスビー邸に来てくれ——
だが、よいか、処刑は迅速、非情に行え。
命乞いに耳を貸してはならん。
クラレンスは口がうまい。うっかり聴けば、
憐れを催しかねない。

悪党　なんの、おしゃべりはしません、殿下。
不言実行でさ。舌を動かす奴は手が動かない。大丈夫、
俺たちゃ、手を使います。舌じゃない。

リチャード　馬鹿は涙を落とすが、おまえらの落とす涙は石だ、碾《ひき》臼《うす》だな※5。どすんと落ちれば人が死ぬ。
気に入った。早速仕事にかかってくれ。
※6さあ、さあ、行け、行け。

悪党　はい、殿下。

〔一同退場〕

※3　FにはVil.(Villain)とある。QもFも二人のどちらの台詞か指定していない。
※4　すぐ取り出してみせるのではなく、懐を探る。原文 I haue it heare about me は、ケンブリッジ版注釈にあるとおり I have it here somewhere の意。「確かここらへんに入れたはず」といったニュアンス。
※5　「石の涙」ということであるが、それが落ちると人が押しつぶされて死ぬという含みもある。
※6　この行と殺し屋たちの返答はFのみ。

第一幕　第四場

クラレンスと看守※1登場。

ロンドン塔看守　なぜ今日はそんなに沈んでいらっしゃるのです？
クラレンス　いやはや、ひどい一夜を過ごしたのだ。
恐ろしい夢、おぞましい光景を見た。
心あるキリスト教徒として、
あんな晩はもうこりごりだ。たとえそれと引き換えに
どんなに幸せな日々が手に入るとしても。
本当に陰鬱《いんうつ》な恐ろしい夢だった。
ロンドン塔看守　どんな夢だったのです、お聞かせ願えますか。
クラレンス　どうやら、このロンドン塔から抜け出して、※2
バーガンディー※3行きの船に乗っているらしく、
弟のグロスターが一緒にいた。
弟に船室から誘い出されて、二人で甲板を散歩した。
甲板の上からイングランドのほうを見やりながら、
ヨーク家とランカスター家の戦争中

※1　Qでは「ブラッケンベリー」。Fでは看守とロンドン塔長官ブラッケンベリーは別人であるが、役者の数を減らしたいツアー版のQではそれを一人にしてしまっている。
なお、史実では、サー・ロバート・ブラッケンベリー（？～一四八五）は、クラレンスの死から五年後の一四八三年までロンドン塔の長官に任命されていない。225頁にあるとおり、ボズワースの戦いで戦死した。

※2　「このロンドン塔から抜け出して」はFのみ。

※3　フランス中東部のブルゴーニュ地方のこと。

二人に降りかかった苦難のあれこれを
数え上げては語り合っていた。甲板の
すべりやすいところを歩いていると、
どうやらグロスターがつまずいて、倒れざまに、
助けようとした私にぶつかったようで、私は
まっさかさまに大海原の怒濤《どとう》の中へ落ちていった。
ああ神よ。溺《おぼ》れるのはなんと苦しかったことか。
耳を聾《ろう》するすさまじい波の音、
目に迫る醜い死の光景！
千艘《そう》もの難破船のぞっとするような残骸があり、
※4千人もの男たちが魚に食われていた気がする。
金の延べ棒、巨大な錨《いかり》、真珠の山、
無数の宝石、高価な宝玉、
※5そういうものが海底一面に散らばっていた。
なかには、死人の髑髏《どくろ》の中に入り込むものもあり、
かつてあった目玉を嘲笑うかのように
二つの眼窩《がんか》にはまり込んで光を放つ宝石が、
深海のぬらぬらした底に秋波を送り、
あたりに散らばる死者の骨を嘲《あざけ》っていた。

※4　Qでは「一万」。
※5　この行、Fのみ。

ロンドン塔看守　死ぬという時に、そんな
　深海の秘密を眺める余裕があったのですか。
クラレンス　どうやらそうらしい。※1 死んで
肉体から離れようと何度もしたのだが、意地悪な洪水が
魂を中にとどめ、あの何もない広々とした自由な空へ
解き放ってはくれなかった。それどころか、
あえぐ肉体の中にぐいぐい押し込めるものだから、
体は張り裂けそうになって、海の中へ魂を吐き出しそうだった。
ロンドン塔看守　そんなに苦しくても目が覚めずに？
クラレンス　そう、そうだ、命が果てても夢は続いた。
ああ、それからだ、この魂に嵐が襲いかかったのは。
どうやら三途《さんず》の川を渡ったようだ。
詩に詠《うた》われるあの陰気な渡し守※2に導かれて
永遠の黄泉《よみ》の国に着いたらしい。
勝手のわからぬこの魂をそこで最初に迎えたのが
偉大なる舅《しゅうと》、名高いウォリックだ。それが
大声でこう言うんだ。「約束を破った裏切り者のクラレンスに
この常闇《とこやみ》の国はいかなる罰を下すことか」
そして消えてしまった。それからゆらゆらと現れたのは

※1　「死んで……したのだが」はFのみ。

※2　死者の魂を舟に乗せて冥界の川Styxを渡すカロン（ケアロンとも）のこと。

天使のような影だ。※3 輝く金髪は、
血まみれだった。それが金切り声で叫ぶんだ。
「クラレンスが来た。裏切りの日和見《ひよりみ》の嘘つきが。
テュークスベリーの戦場で僕を刺したクラレンスが！
かかれ、復讐の女神たちよ。痛めつけてやれ！」
すると、忌《い》まわしい悪魔がわんさと群がってきて
この身を取り囲み、耳元に怒声を
浴びせかけた——まさにその大音声《だいおんじょう》で
私は震えながら目が覚め、しばらくは
まだ地獄にいるとしか思えなかった。
それほど恐ろしい思いをしたんだ、あの夢のせいで。

ロンドン塔看守　恐ろしいと思われるのも無理はありません。
お話を伺っただけでも、ぞっと致しました。

クラレンス　なあ、※4 君、君、こうして
わが魂を責め苛《さいな》む罪を犯したのも、
王エドワードのためだった。その報いがこれだ！
※5 ああ神よ、この心からの祈りがお怒りを宥《なだ》めえず、
どうあってもわが過ちに天誅《てんちゅう》を下そうというなら、
そのお怒りはこの身だけにとどめ、

※3 ランカスター家の王子エドワード。ヘンリー六世と王妃マーガレットの息子。

※4 Qでは「ブラッケンベリー」。

※5 この行から四行、神への祈りはFのみ。史実ではクラレンスの妻は既に死んでおり、その息子はリチャードではなくリッチモンドに処刑され、娘はヘンリー八世によって処刑された。

どうか、罪のない妻と哀れな子供たちは助けたまえ。
君、頼む、しばらくそばにいてくれ。
心が重い。[※1]眠りにつきたいのだ。

ロンドン塔看守　はい、殿下。ぐっすりおやすみください。[※2]

　副官[※3]ブラッケンベリー登場。

ブラッケンベリー[※4]　悲しみは時を乱して眠りを破り、
夜《よ》は明けに染め、昼は暮れゆく。
王侯の栄誉というは名ばかりで
心につのるは秘めたる悩み。
手には触れえぬ誉《ほま》れを得ても
身に覚えしは心の痛み。
とすれば、王家も庶民も同じこと、
見せかけの誉れ以外に違いはない。

　二人の殺し屋登場。

殺し屋1[※5]　おい、そこにいるのは誰だ？
ブラッケンベリー　何だ、おまえ？　どうやって入って来た？
殺し屋2　足で入って来た。クラレンスに面会だ。

※1　「マタイ伝」二六・三八に「わが心いたく憂ひて死ぬばかりなり。汝ら此処に止りて我と共に目を覚しをれ」とあるのに類似。心の「重さ」は悲しみと疲労の両方を指す。
※2　ここでクラレンスは眠る。
※3　Qでは、このト書きがなく、次の台詞は最初から登場していたブラッケンベリー（看守と同一人物）が続けて言う。
※4　このブラッケンベリーの八行の台詞は完全な詩になっている。
※5　この行はFのみ。
　次の台詞はQでは「神の名にかけて、おまえたちは何者だ、どうやって入って来た？」となっているなど、細かな異同が多い場面である。

ブラッケンベリー　なんだ、そっけない返事だな。
殺し屋1　くだくだ言うよりはましだろ。令状を見せてやれ、おしゃべりはやめだ。

〔ブラッケンベリーは令状を〕読む。

ブラッケンベリー　これによれば、気高いクラレンス公をおまえたちに引き渡さねばならぬ。それがどういうことか仔細《しさい》は問うまい。その意味から私は無実でありたいからな。そこに公爵がお眠りで、鍵はここだ。私は王に拝謁し、こうして職務をおまえたちに委《ゆだ》ねたことをお知らせしよう。

ブラッケンベリー〔と看守〕退場。

殺し屋1　〔見送りながら〕そうしなよ、賢いやり方だ。さいなら。
殺し屋2　おい、眠ってるところを刺すのか。
殺し屋1　いや、そりゃ卑怯《ひきょう》なやり口だと言うだろうよ、こいつ、目を覚ましたら。
殺し屋2　目なんか覚まさねえよ、最後の審判の日まで。
殺し屋1　だから、その時に、眠っていたところをやられましたって言うだろ。
殺し屋2　最後の審判なんて口走っちまったから、なんか後ろめたくなってきたな。

殺し屋1　おい、怖気づいたのか。
殺し屋2※1　殺すのは平気だ、令状持ってんだから。
　殺しのせいで地獄堕ちになるのが嫌なんだ。
　どんな令状も守っちゃくれないからな。
殺し屋1※2　決心はついてるんだと思ってたよ。
殺し屋2　ついてるさ、生かしてやるほうに。
殺し屋1　グロスター公のとこに戻って、そう言うぞ。※3
殺し屋2　いや、ちょいと待て。
　感情的になっている※4だけだから、この気分も変わると思うよ。
　いつだって二十と数えるあいだももちゃしないんだ。
殺し屋1　どうだ、もう変わったか？
殺し屋2　まだちょっと良心の滓《かす》が残ってるなあ。
殺し屋1　褒美のことを思い出せ。仕事が終わった時の。
殺し屋2　おっと、殺そうぜ！　褒美のこと、忘れてた。
殺し屋1　良心はどこへ行った。
殺し屋2　へへ、グロスター公の財布ん中さ。
殺し屋1　公爵が褒美をくれようと財布を開けると、
　おまえの良心が逃げちまうなァ。
殺し屋2　いいよ、そんなの、逃げちまっても。

※1　ケンブリッジ版編者が指摘するように、殺し屋たちの会話はゆるい韻文であって、一時崩れて散文になるが、クラレンスに話しかけるとき再び韻文になる。
※2　ここと次の行はFのみ。
※3　Qでは「そう言って来い」。
※4　「感情的になっている」（passionate humor）のところ、Qでは「神聖な気分」(holy humor)。

今どき良心なんか持ってるやつァいねえよ。
殺し屋1　もしまた、おまえんとこに戻ってきたらどうする。
殺し屋2　相手にしねえよ。臆病になるだけだ。盗みを働こうとすると、悪いことだと言ってくる。悪態をつこうとすると、よしとけと言う。隣の女房と寝ようとすると、かぎつけやがる。顔を赤らめ、もじもじしやがって、胸ん中でいざこざばかり起こすんだ。邪魔ばっかりしやがる。いつだったか、たまたま見つけた金のつまった財布を返しちまったよ。良心なんか持ってると貧乏になるね。町や都会じゃ危険物として持ち込み禁止になってるだろ。いい暮らしをしようっていう人間は、自分を頼りにして、良心なしで生きるもんだ。
殺し屋1　おい、今度は俺の肘《ひじ》んとこまで来て、公爵を殺すなって言ってるぜ。
殺し屋2　心に悪魔を入れて、良心なんか信じるな。うまいこと言ってくるから、あとで溜息をつかされるぞ。
殺し屋1　俺はびくともしねえ。いいなりにはならねえよ。
殺し屋2　それでこそ評判を大切にする立派な人間だ。さ、仕事にかかるか。
殺し屋1　おまえの剣の柄でこいつの頭をぶちわって、隣の部屋のワイン樽にぶちこもう。
殺し屋2　おお、そいつは名案だ。ワイン漬けの菓子にしちまおう。
殺し屋1　待て、目を覚ますぞ。
殺し屋2　やっちまえ！
殺し屋1　いや、話をしてやろう。
クラレンス　どこにいる、看守？　ワインを一杯くれ。

殺し屋2　たっぷりワインをあげますよ、殿下、今すぐ。
クラレンス　誰だ、おまえは？
殺し屋2　　人間です、あなたと同じ。
クラレンス　だが、私と違って、王の身内ではないな。
殺し屋1　あなたは、我々と違って、王の味方ではないね。
クラレンス　声は轟《とどろ》くが、顔つきは下々《しもじも》のものだ。
殺し屋1　この声は今や王様を代弁する。顔つきは俺のものだが。
クラレンス　なんと暗く、不吉な話し方をするんだ。
※1怖い目をして。顔が真っ青なのは、なぜだ。
誰の使いで来た。なんで来たんだ。
※2殺し屋2　そりゃ——その——あの——
クラレンス　　私を殺しにか。
二人　　そう、そう。
クラレンス　それを言うこともできなかった君たちに
私を殺せるはずがない。
教えてくれ、私が君たちに何をした。
殺し屋1　俺たちにじゃない。怨《うら》んでいるのは王様ですよ。
クラレンス　ではまた仲直りをしよう。
殺し屋2　無理です、殿下。だから死ぬご覚悟を。

※1　この一行はFのみ。次行はQでは「誰なんだ教えてくれ、どうしてここに来た？」
※2　Qでは二人の台詞。

クラレンス　君たちは多くの人間の中から選ばれて
無実の者を殺しに来たのか。私の罪状はなんだ。
私を告発する証拠はどこにある。
どんな正規の査問委員会が顰《しか》め面の裁判官に
評決を報告した。誰が哀れなクラレンスに
厳しい死刑を宣告した。
法に則《のっと》って判決も出ていないのに、
私を殺そうとするのは不法の極みだ。
よいか、[※3]魂が救われたいなら、
ここから立ち去り、私に手を出さないことだ。
君たちのやろうとしていることは地獄堕ちの大罪だ。
殺し屋1　やろうとしていることは、命令によるものだ。
殺し屋2　命じたのは王様だ。
クラレンス　愚かな僕《しもべ》よ！　王の王たる神は、
その十戒の中に命じておられる、
汝《なんじ》殺すなかれと。[※4]それなのに
神の命令を無視して、人間の命令に従うのか。
気をつけろ。復讐《ふくしゅう》するは神にあり、[※5]
神の掟《おきて》を破る者の頭上には天罰が下るぞ。

※3　Qではここに「人間の深い罪のために流されたキリストの尊い血にかけて、」が入る。

※4　「出エジプト記」二〇・一三。

※5　「申命記」三二・三五、「ロマ書」一二・一九。

殺し屋2　その天罰があんたに下ったのさ、※1
偽証罪、それに殺人罪だ。
ランカスター家のために戦うと
神聖なる誓いを立てたはず。
殺し屋1　それなのに、神を欺く裏切り者らしく、
その誓いを破り、卑怯な剣で
主君のご子息のはらわたを切り裂いた。
殺し屋2　大切にお守りすると誓ったはずの王子様をだ。
殺し屋1　なのに俺たちに神様の畏《おそ》れ多い掟を守れってか、
てめえがそれほど見事に破っておいてよ。
クラレンス　ああ、誰のために、その悪行をなしたと思っている？
エドワードのため、兄のため、あの人のためだ。
そのことで私を殺しに君たちをよこしたはずがない。
あの罪には私同様、兄も深くかかわっているのだから。
もし神があの所業の天罰を下されるなら、
よいか、公明正大になされるであろう。※2
神の偉大なる御手《みて》にある裁きを勝手につけてはならぬ。
神を怒らせた者を斬り捨てるのに、神が
こそこそと不法な手段を取ることはない。

※1　最初は「あなた」（you）とか「殿下」とか呼びかけて弱気だった殺し屋だが、このあたりから強気になって「あんた」（thee）と呼びかける。

※2　この行はFのみ。

殺し屋1　じゃあ、あんたがあの立派な若武者、
　勇敢なる若き皇太子プランタジネットを殺した時、
　あんたを血腥《ちなまぐさ》い下手人にしたのは誰なんだ。
クラレンス　兄である王を思う心と、悪魔と、わが怒りだ。
殺し屋1　その同じ王様を思う心と、忠誠心※3と、あんたの罪が、
　俺たちをここに導いたんだよ、あんたを血祭りにあげにな。
クラレンス　兄を愛するなら、私を憎まないでくれ。
　私は弟だ。兄を愛している。
　報酬がほしくて雇われたなら、引き返せ。
　弟グロスターに紹介しよう、
　わが命を救ったと知ればもっとたんまり褒美をくれよう、
　私が死んだ知らせにエドワードが払うよりも。
殺し屋2　勘違いしてる。弟のグロスター様はあんたがお嫌いだ。
クラレンス　いや、愛してくれている。大切に思ってくれている。
　弟に伝言をしてくれ。
殺し屋1　　　　　　　ああ、そうしてあげますよ。
クラレンス　こう言ってくれ、父ヨーク公が
　※4勝利の腕で我ら三兄弟に祝福を与えた時、
　このように兄弟愛が引き裂かれるとは思わなかったはずだ。

※3　Qでは、「忠誠心」ではなく、「悪魔」。

※4　この直前にQでは「互いに愛し合うようにと心から命じたとき、父は」の一行が入る。

グロスターにそのことを思い出させれば、涙を流すだろう。
殺し屋1　そう、碾臼《ひきうす》の涙をね。そう教えてくれました。
クラレンス　弟の悪口はよせ、情に厚《あつ》い男だ。
殺し屋1　そう、秋の穂を枯らす雪※1のような熱さだ。
ねえ、思い違いをしているんですよ、
あなたを始末するように命じたのはあの人です。
クラレンス　そんなはずがない。わが不運に涙し※2、
この身を抱きしめて、すすり泣きながら、
私を解放するために骨を折ると誓ってくれたのだ。
殺し屋1　そのとおり、解放してくれますよ、
この地上の束縛から天国の喜びへね。
殺し屋2　神様と仲直りしといた方がいいですよ、死ぬんだから。
クラレンス　神に懺悔《ざんげ》するよう忠告するほど
神を敬う魂を持ちながら
私を殺して神を敵に回すほど
己の魂には無頓着《むとんちゃく》なのか。
ああ君たち、考えてもみたまえ、君たちをけしかけて
この殺人を犯させる者は、その殺人ゆえに君たちを憎むだろう。
殺し屋2　〔殺し屋1へ〕どうする？

※1　当時の言い回しで「刈入れ期の雪」(snow in harvest)は、「不自然で残酷」(unkind)を意味した。
※2　Qでは「わが不運に涙し」の代わりに「別れたとき」。
　なお、リチャードが兄を救うと涙ながらに誓ったことについては、15頁参照。

クラレンス　悔い改めて、自らの魂を救うのだ。
君[※3]たちだって、もし王子に生まれ、
今の私のように自由を奪われていて
君たちのような二人の殺し屋がやってきたら、
命乞いをするだろう。私の苦境に立たされれば
君たちだって頼み込むはずだ。
殺し屋1　悔い改める？　やだね。そんな臆病で女々しい。
クラレンス　悔い改めないのは、獣、野蛮人、悪魔だ。
〔殺し屋2へ〕なあ、君の眼差《まなざ》しには憐《あわ》れみが浮かんでいる。
もしその目が嘘をつかぬなら、
どうか味方をして、この身の命乞いをしてくれ。
王家の者がすがるのだ、乞食だって哀れと思うだろう。
殺し屋2[※4]　うしろに気をつけて、殿下！
殺し屋1　これでも食らえ！　もう一つだ！

　クラレンスを刺す。

これでもだめなら、
ワイン樽[※5]のなかで溺《おぼ》れさせてやる。
〔クラレンスを引きずって[※6]〕退場。

※3　ここより五行、Fのみ。この五行をクラレンスの「悔い改めないのは、獣、野蛮人、悪魔だ」の後に移す後代の校訂もある。

※4　この一行、Qにはなく、Qの演劇性が大きく損なわれている。

※5　クラレンス公ジョージはマームジー・ワイン（マデイラ島産の強い甘口白葡萄酒）の大酒樽（容量四七七リットル）に入れられて殺されたという伝説があるが、クラレンスの酒好きを皮肉ったジョークから発した噂話にすぎないという説もある。殺されたのは、一四七八年二月十八日。享年二十八歳。

※6　エドマンド・マローンはここに「死体をひきずって退場」とト書きを付け加えたが、

殺し屋2　むごたらしいことを、ひでえことをやっちまった。
こんな恐ろしい犯罪からは
ピラト※1のように手を洗いたいもんだ。

殺し屋1登場。

殺し屋1　どうした。手伝わないとはどういうことだ？
ちぇ、てめえがどんなにさぼってたか、公爵に報告するぞ。
殺し屋2　どうせなら俺が兄君をお助けしたと報告してほしかった。
報酬はおまえにやるよ、俺が今言ったことを公爵に伝えてくれ。
あの方が殺されちまって俺、後悔してるからよ。

退場。

殺し屋1　何が後悔だ。てめえのような臆病者は消えちまえ。
さてと、死体をどこかの穴に隠しておいて、
公爵が埋葬の命令を出すのを待とう。
そして褒美をもらったら、おさらばだ。
この殺し、いずれはばれる。長居は無用だ。

退場。

クラレンスにまだ息があるとすれば、ジョージ・スティーヴンズが付け加えたように「クラレンスとともに退場」とすべきかもしれない。ここではスティーヴンズに基づいて「クラレンスを引きずって」とした。

※1　イエス・キリストの処刑を命じたローマ総督ポンティウス・ピラトは、イエスの死の責任から逃れるために、大衆の面前で処刑前に手を洗ってみせた。「マタイ伝」二七・二四。ここから「～から手を洗う」（wash one's hands of～）という成句が生まれた。

第二幕　第一場

ファンファーレ。病気の王エドワード、王妃エリザベス、ドーセット侯、リヴァーズ、ヘイスティングズ、ケイツビー、バッキンガム〔、グレイ※2その他〕登場。

王　いやはや、よい一日の務めを果たしたものだ。
諸君、こうして結ばれた同盟を守ってくれ。
私は天からのお迎えを
今日か明日かと待つ身だが、ようやくこれで
心穏やかにあの世に行ける。この世で
心穏やかな仲直りを諸君にさせることができたのだから。
リヴァーズ、ヘイスティングズ、※3互いの手をとれ。
憎しみを隠し持つな。愛を誓え。

リヴァーズ　誓って、わが魂は清められ、つまらぬ憎しみは
消えました。この握手は、心の底からの愛の証です。

ヘイスティングズ　私も同じように心から誓います。

※2　Fにはここに「ウッドヴィル」とあり、リヴァーズ伯アンソニー・ウッドヴィルと別にもう一人ウッドヴィルがいることになっている。これはグレイ卿のことを指すのであろうというのが最も受け入れられている説であるが、73頁でもリヴァーズ伯とウッドヴィルは別人扱いされている。
　なお、Qでは王からヘイスティングズまでの五人の名前が挙げられたのち「その他」となっている。ケイツビーはこの場では台詞が

王　気をつけろ、王の前で嘘をついてはならんぞ。
王の王たる天にましします神が、
隠れた嘘を叩きつぶし、おまえたちを
互いに滅ぼし合わせるぞ。

ヘイスティングズ　誠の愛を誓います。

リヴァーズ　私もです。心からヘイスティングズを愛します。

王　妃も例外ではないぞ。
おまえの息子ドーセットもだ。バッキンガム、おまえもだ。
皆、二手《ふたて》に分かれて争ってきた。
妻よ、ヘイスティングズを愛せ。その手に口づけをさせてやれ。
そして何をするにせよ、偽りはいかん。

王妃　〔手の甲を差し伸べて〕さあ、ヘイスティングズ。
もはや昔の憎しみは、きれいに水に流しましょう。
〔ヘイスティングズは王妃の手の甲に口付けをする〕

王※1　ドーセット侯爵、ヘイスティングズを抱擁しろ。
ヘイスティングズ、侯爵を愛するのだ。

ドーセット　この友愛の絆、私のほうから決して破ることはないと
ここに誓います。

ヘイスティングズ　私もそう誓います。　〔二人は抱擁する〕

ない。
※3　Fでは「ドーセットとリヴァーズ」とあるが、明らかな誤り。Qを採用する。

※1　この王エドワードの台詞はQ1にはない。

王　さて、バッキンガム公、おまえもこの絆を強めるため、
妻の身内を抱きしめ、
皆が一つになって私を喜ばせてくれ。

バッキンガム　万が一にもこのバッキンガム※2が
お妃《きさき》様に憎しみを抱くことあらば、また、お妃様ご一族への
敬愛の念を欠くことあらば、天罰がこの身にくだり、
この身は最も愛してくれるはずの人から憎悪されましょう。
味方を最も必要とする時に、
味方と信じていた腹心の友が、
腹黒く薄情な裏切り者となって、この身を騙《だま》しますよう。
お妃様やそのお仲間に対するわが愛が冷めたら、
神よ、そうして私を罰したまえ。

抱擁する。

王　今の誓いは、バッキンガム公、この病める心に
なかなか気持ちのよい薬となったぞ。
あとはここにおらぬわが弟グロスターが、
この和睦をめでたく締めくくってくれればよいのだが。

※2　ヘンリー・スタッフォード（一四五四〜八三）は、祖父である初代バッキンガム公（一四〇二〜六〇、『ヘンリー六世』第二部に登場）を継いで第二代バッキンガム公爵となった。十二歳の時、王妃によって王妃妹のキャサリン・ウッドヴィル（二十四歳）と結婚させられ、王妃を恨んだという。
　エドワード三世の八男トマス・オヴ・ウッドストックの血をひく王族であるが、祖父も父もランカスター側についていたため、エドワード四世に冷遇された。エドワード王の死を契機に、リチャードに急接近する。
　息子の第三代バッキンガム公は『ヘンリー八世』に登場する。

ラトクリフとリチャード登場。※1

バッキンガム　ちょうどよいところに、
サー・リチャード・ラトクリフと公爵がおいでです。※2

リチャード　王様、お妃様、おはようございます。
諸侯、ご機嫌よう。

王　確かにご機嫌だ、今日はよい日だった。※3
グロスター、実は慈善活動をしてな、
敵を仲直りさせ、憎悪を愛に変えたのだ。
見当違いに恨みあっていたこの貴族たちをな。

リチャード　それは立派なお仕事をなさった、陛下。
ここにお集まりの諸侯のなかで、もしどなたか、
誤った情報や間違った思い込みから、
私を敵とお考えの方があれば――、
もし私がうっかり、あるいはかっとして、
耐え難い侮辱を与えてしまった方がここにいらしたら、
どうか、仲直りをして友となってください。
敵意を受けるのは私には死も同然、
憎しみを憎み、善良なる人々の愛を求めます。

※1　Qではリチャードのみ登場。
サー・リチャード・ラトクリフ（?～一四八五）は、一四七一年のテュークスベリーの戦いでエドワード四世により騎士に叙され、リチャードの御意見番として活躍。一四八三年にリヴァーズ伯、グレイ卿、ヴォーンを逮捕、処刑した中心人物。ボズワースの戦いで死去。

※2　Qでは、「公爵がお見えです」。

※3　原文は as we haue spent the day.
この場面最初の王の台詞「よい一日の務めを果たした」（now haue I done a good daies work）と同様、一日を終えた意識がある。リチャード登場の挨拶からわかるように

まず、お妃様、真の和睦を願います。
そのために臣下として忠節を尽くします。
次に、わが高貴な身内のバッキンガム公とも。
我々のあいだにしこりがあったとすればの話だが。
次に、あなたがた、リヴァーズ卿《きょう》、そしてドーセット[※4]卿とも。
[※5]何の根拠もなく私に嫌な顔をなさっていたが。
あなたと、ウッドヴィル卿、そしてスケイルズ卿、あなたとも。
公爵、伯爵、諸侯、紳士諸君、いや全ての皆さんと。
わが魂は、ゆうべ生まれたばかりの赤子と同様、
イングランドじゅうのどなたとも
いささかの確執《かくしつ》もありはしない――
私が謙虚な性質で本当によかった。

王妃　今日という日は今後聖なる日とされることでしょう。
すべての諍《いさか》いがなくなればよいと思います。
ついては、陛下、お願いです、
弟御クラレンス公へのご不興もお解きくださいますよう。

リチャード　なんと、私が愛を捧げたのはこのように
王の御前で愚弄《ぐろう》されるためであったか。
優しい公爵が死んだことを知らぬ者がおろうか。

今は朝であるのだから、このように一日が終わったかのような発言をするのはかなり気が早い。恐らく王には、時計の刻む時間より早く自分の時間が終わるという意識があるのだろう。

※4　Qでは「グレイ」。

※5　この行、Fのみ。ウッドヴィル卿もスケイルズ卿も、リヴァーズ伯の別名であるために、この行は現代版では誤りとしてカットされることが多い。
　ケンブリッジ版は、リチャードがリヴァーズ卿に三通りの呼び方をしてからかっていると解釈する。つまり、リヴァーズ卿の手をもう二度とって大仰に挨拶するというのである。ペンギン版では、シ

皆が驚く。

王[※1] 兄の亡骸《なきがら》を侮蔑《ぶべつ》するとはあまりの仕打ち！
知らぬ者がおらぬだと！
誰が知っていた？

王妃 すべてをみそなわす天よ、ああ、なんということ！

バッキンガム 私も皆のように、ドーセット卿、青ざめているか？

ドーセット ええ、閣下。ここにいるどなたも
頬から赤みが失せております。

王 クラレンスが死んだ？ 命令は撤回したぞ。

リチャード かわいそうに、陛下の最初の命令で処刑されたのです。
翼をつけたマーキュリーのような素早い使いがその命令を運び、
取り消しの命令を運んだのはのろい足萎《あしな》[※2]えで、
クラレンスの埋葬にも間に合わぬ始末。
神よ、お赦《ゆる》しあれ、クラレンスほど高貴でも忠義でもなく、
血筋は劣っても血腥《ちなまぐさ》い企《たくら》みで勝る者[※3]が、
哀れなクラレンスほどの罰も受けず、
疑われもせず大手を振って歩きますことを！

ェイクスピアに誤解があったとしたうえで、この劇ではウッドヴィル卿、リヴァーズ伯、スケイルズ卿の三人が別々にいることにすればよいとしている。
なお、史実では、この劇に登場する第二代リヴァーズ伯に弟リチャード（？〜一四九一）がおり、兄の死後、第三代リヴァーズ伯となった。

※1 Qではリヴァーズの台詞。

※2 足の悪いリチャード自身のこと。アーデン版編者は「リチャードの最高のジョークの一つ」としている。

※3 王妃エリザベス及びその一族を指し、王妃らの仕業であることをほのめかす。

ダービー伯スタンリー登場。

ダービー　〔跪《ひざまず》いて〕お願いがございます、陛下、お聞き届けを。
王　黙っておれ。この心は悲しみに満ちているのだ。
ダービー　お聞き届けになるまでは、立ち上がりません。
王　では、すぐ言え、願いとやらを。
ダービー　わが召使の命をお助けください。
ノーフォーク公爵※4に仕えていた乱暴な紳士を
本日、殺害してしまいました。
王　実の弟に死を宣告する舌がありながら、
その舌で下郎を赦すのか。
弟は誰も殺さなかった。ただ殺意を抱いただけだ。
なのに、残虐な死という罰を与えてしまった。
誰があれの命乞いをした？
誰が怒り狂う私の足元に跪《ひざまず》き、考え直すように求めた？
誰が兄弟の絆《きずな》を説いた？　誰が愛を口にした？
誰が教えてくれた、哀れなあいつが
強大なウォリックを捨ててわがために戦ったことを？
誰が教えてくれた、テュークスベリーの戦いで

※4　初代ノーフォーク公爵ジョン・ハワード（一四三〇？～八五）。エドワード四世とリチャード三世の即位を支えたヨーク派。ボズワースの戦いでリチャード軍の前衛を指揮して戦死。

オックスフォード伯に追いつめられた時、あれが助けてくれ、
「兄上、生きて王におなりなさい」と言ってくれたことを？
誰が教えてくれた、我々二人が戦場で
凍え死にそうだった時、あいつが
自分の服で私をくるみ、自分は裸同然の薄着で、
かじかむ夜の寒さにその身をさらしたことを？
そうしたことをすべて暴虐な怒りが私の記憶から
罪深いことに消し去って、おまえたちの誰一人、
思い出させてくれようという思いやりがなかった。
それなのに、おまえたちの下郎や召使が
酒に酔って、我らが救世主と同じ姿※1の
人間を殺《あや》めると、すぐさま飛んできて、
「ご赦免を、ご赦免を！」と跪く。
そして私は不当にも、それを認めてやらねばならない。
だが、弟のために、誰一人口をきこうとしなかったし、
私も、かわいそうに、あれのために
無慈悲にも、自分をとどめはしなかった。おまえたちが
どんなに高慢でも、生前のあれには一目置いたはずだ。
だが、誰一人、命乞いをしなかった。それゆえ

※1「創世記」一・二七参照。

ああ神よ。正義の鉄槌《てっつい》は、私の上に、おまえたちの上に、
わが一族の上に、おまえたち一族の上に、下されるぞ。
来い、ヘイスティングズ、部屋へ連れて行ってくれ。
ああ、哀れなクラレンス！

王と王妃に何人か※2付き添って退場。

リチャード　これも軽率の報いだ。気づかなかったかね、
王妃の身内が罪悪感にかられ、
クラレンスの訃報を聞いて青ざめたのを。
ああ、やつらなのだ、王を唆《そそのか》し続けたのは。
いずれ天罰が下るだろう。さあ、諸侯、王エドワードを
お慰めするべく、中へ入りましょう。

バッキンガム※3　お供致します。

一同退場。

第二幕　第二場

年老いたヨーク公爵夫人※4がクラレンスの二人の子供※5と登場。

※2　「何人か」とは、ヘイスティングズ、ドーセット、リヴァーズ、グレイであり、残るのはリチャード、バッキンガム、スタンリー、ラトクリフ、ケイツビーであろう。
※3　この台詞Fのみ。
※4　リチャードの母。またエドワード四世とクラレンスの母。
※5　姉マーガレット（一四七三・八・一四〜一五四一・五・二八）と弟エドワード（一四七五・二・二一〜九九・一一・二八）。父クラレンスの死んだ一四七八年二月十八日には四歳と二歳（三歳の誕生日三日前）だが、エドワード四世が死んだ一四八三年四月には九歳と八歳。

エドワード※1　ねえ、おばあさま、僕らの父上は死んだの？
公爵夫人　いいえ、おまえ。
娘※2　じゃあ、どうしてそんなに泣いて、胸を叩いて、
「ああ、クラレンス、かわいそうな息子」と叫ぶの。
少年※3　どうして僕たちを見て、首を振って、
孤児《みなしご》だの、哀れな父《てて》なし子だのと呼ぶの。
もし気高い父上が生きていらっしゃるなら？
公爵夫人　かわいい孫たち、それは思い違いだよ、
私が嘆いているのは王様のご病気。
もしものことがあったら嫌だからね。お父上の死ではない。
亡き人のことを嘆くのは甲斐《かい》なきこと。
少年　ほら、やっぱり父上は死んだんだ。
伯父様が、王様がいけないんだ。
天罰が下りますよう。僕、一所懸命お祈りして、
そうなるように神様にお願いする。
娘※4　私も。
公爵夫人　お黙り、お黙りなさい。王様はおまえたちを愛している。
何も知らぬ頑是《がんぜ》無いおまえたちに
父上の死を引き起こした者がわかるはずがない。

※1　Fではここのみ「エドワード」。Qでは「少年」。
※2　Qでは「少年」。台詞一行目は「どうしてそんなに手を絞って、胸を叩いて」。
※3　Qでは「少女」。
※4　この台詞Fのみ。

少年　おばあさま、わかります。グロスター叔父さんが
教えてくれたもの、王様がお妃様に唆《そそのか》されて
父上を投獄する罪状をでっちあげたって。
そう言って叔父さんは泣いていたよ、
僕をかわいそうだと言って、ほっぺたに優しくキスしてくれた。※5
お父さんだと思って叔父さんを頼るようにって。
僕をわが子のように愛してくれるって。

公爵夫人　ああ、偽りの心がそのような優しい姿を盗み、
美徳面をして深い悪徳を隠すとは！
あれはわが息子、そう、ゆえにわが恥。
だが、そんな偽りの心は、この乳房が授けたのではない。

少年　叔父様が嘘をついているとお思いなの、おばあさま？

公爵夫人　ああ、そうだよ。

少年　そうは思えないな。ね、あの音は何？

王妃エリザベスが髪を振り乱して登場。※6 リヴァーズとドーセット
が後を追う。※7

王妃　ああ！　邪魔しないで、嘆かせて、悲しませて。
運命を罵《ののし》り、この身を苦しめたいの。

※5　Qでは「僕を抱きしめて」

※6　「髪を振り乱して」はFのみ。女性の乱れ髪は、激しい悲しみや狂乱を表した。
※7　Qではリヴァーズとドーセットは登場せず、王妃独りの登場。

真っ黒な絶望に身をゆだねて、この魂をつぶし、
わが身を敵に回したい。
公爵夫人　何事です、このあられもない愁嘆場は？
王妃　修羅場を、悲劇の一幕を演じようというのです。
エドワードが、わが夫、あなたの息子、我らの王が亡くなった。[※1]
どうして[※2]枝が伸びよう、根っこがなくなって[※3]しまったら？
栄養を失った葉はしおれるよりほかはない。
生きるなら、お嘆きなさい。死ぬなら、急いで。
敏捷《びんしょう》な翼をつけて王の魂に追いつけるように。
従順な臣下らしく、とこしえの夜の国に
あとを慕って行けるよう。
公爵夫人　ああ、その悲しみは私のもの、
おまえの立派な夫はわが息子。
かつて徳高い夫の死に涙した私は、
息子たちにその面影を見て生きてきた。
だが今や、夫の似姿を写していた二つの鏡が
邪《よこしま》な死によって粉々に割れた。
かろうじてもう一つ、歪《ゆが》んだ鏡があるものの、
そこに見えるのは、悲しいかな、わが恥ばかり。

※1　エドワード四世崩御は、一四八三年四月九日。
※2　「ヨハネ伝」一五・五「我は葡萄の樹、なんじらは枝なり」参照。
※3　Qでは「枯れて」。

おまえは寡婦《やもめ》となったけれど、まだ母親。
残された子供が慰めとなる。
だが、死神はこの腕から夫を奪ったうえ、
このか弱い手から二本の杖を、クラレンスとエドワードを
もぎとった。おまえの嘆きは私の半分きりだ。ああ、
おまえよりも遥《はる》かに悲しみ、おまえの泣き声を掻《か》き消すほどの
どんな罪が私にあるというのだろう!

少年　ああ、伯母様は僕らの父上の死を泣いてくださらなかった。※4
どうして伯母様を涙で慰めることができましょう?

娘　父上を失った苦しみを嘆いてくださらなかったのだから、
夫を失った伯母様の苦悩にも泣いてあげません。

王妃　嘆きに手助けはいらぬ。
いくらでも恨みつらみの言葉は吐ける。
あらゆる泉の源が私の目に収まってしまえばいい。
そしたら私は、水の滴《したた》る月※5に支配され、
膨大な涙を流して、この世を溺《おぼ》れさせせよう。
ああ、私の夫、大切な王エドワード!

子供たち　ああ、お父さん、大切なクラレンス!

公爵夫人　ああ、あの二人、どちらもわが子、エドワードとクラレ

※4　子供さえもが、王妃エリザベスがクラレンスの死を願ったと考えている。リチャードの策謀が効を奏していることを示す展開であるが、この場面冒頭で子供たちは父親の死を知らなかったのだから、エリザベスがその死を嘆かなかったと責めるのは実はおかしい。リアリズムを超越したシェイクスピア得意の演劇マジックである。

※5　月は潮の満ち干を支配し、月経を支配し、水を含んだ女性的な衛星として捉えられていた。水が滴る月のイメージは、『夏の夜の夢』第二幕第一場、第三幕第一場にある。

ンス！

王妃　支えはエドワードだけだったのに、もういない。

子供たち　支えはクラレンスだけだったのに、もういない。

公爵夫人　支えはあの二人だけだったのに、もういない。

王妃　こんなに大きな痛手を負った寡婦《やもめ》はいない。

子供たち　こんなに大きな痛手を負った孤児《みなしご》はいない。

公爵夫人　こんなに大きな痛手を負った母はいない。
ああ！　私こそ、この悲しみの生みの母。
みんなの嘆きは一部だけれど、私のはすべて。
王妃はエドワードのために泣き、私も泣く。
私はクラレンスのために泣くが、王妃は泣かない。※1
この子たちはクラレンスのために泣き、私も泣く。
私はエドワードのために泣くが、この子たちは泣かない。
ああ！　あなたたち三人は、嘆きを三倍にして
その涙を私に注ぐ。私はその悲しみの産婆だ。
それを嘆きであやしましょう。

ドーセット※2　〔妃に〕しっかりなさい、母上。神様のなさることを
感謝の気持ちで受け入れなければ神の怒りを招きます。
世俗では、豊かな人が親切にも貸してくれたものを

※1　「私も泣く。私はエドワードのために泣くが、」はQのみ。Fで落ちたのは不注意によるものであろう。

※2　Qにはドーセットとリヴァーズの台詞はない。

ぐずぐずとしぶって返さないのは
恩知らずと呼ばれます。母上のように
天を恨むのは、なおいけません。
神様は母上にお預けになった王をお取り立てになったのですから。
リヴァーズ　姉上、お考えください、愛情細やかな母として、
ご子息の幼い王子のことを。直ちにお呼び寄せになり、
戴冠《たいかん》させなさい。王子こそ姉上の生き甲斐《がい》。
絶望の悲しみは亡き王の墓に沈め、
生けるエドワードの王冠に喜びの花を植えなさい。

リチャード[※3]、バッキンガム、ダービー伯スタンリー、ヘイスティングズ、ラトクリフ登場。

リチャード　姉さん、しっかりなさい。誰しも皆
ヨーク家の輝く星が光を失ったのを嘆くは当たり前。ですが、
嘆いたところで禍《わざわい》を避けられるわけではない。
これは、母上、失礼しました。
いらっしゃるのに気づきませんでした。敬虔《けいけん》に跪《ひざまず》いて、
母上の祝福を求めます。
公爵夫人　〔祝福の仕草〕神がおまえを祝福し、その胸に温和さを、

※3　シバーのト書きでは「泣きながら」。リチャードの演技は続き、15頁で予告したとおりついに王妃を「姉さん」と呼ぶ。

そして愛と慈悲と従順と忠節を与えてくださいますよう。
リチャード　アーメン。※1〔傍白〕そして、天寿を全うしますよう——
それが母親※2の唱える祝福の結びであるのに、
驚いたな、そいつを省いてしまったとは。
バッキンガム　誰もが顔を曇らせ、悲しみに胸を詰まらせる。
重い嘆きの荷に耐える思いは皆同じ。
今こそ互いを愛し、励まし合う時です。
王という実りを使い果たした今、
王子という実りを手に入れねばなりません。
皆様の憎しみで膨《ふく》らみ裂けた枝も
このたび添え木を当てられ、縫い合わされ、一つとなった。
そのままそっと大事に守っていかなければなりません。
いかがでしょう、お供を少々従えて※3
ラドロー城より幼き王子をこのロンドンへお連れし、
我らが王として戴冠していただくのがよいと思われます。
リヴァーズ※4　なぜお供が少々なのです、
バッキンガム公爵閣下？
バッキンガム　なに、閣下、大勢が動けば、
癒《い》えたばかりの悪意の傷が

※1　「アーメン」とは「どうかそうなりますように」の意。
※2　原語はここに不定冠詞がついており、公爵夫人特有の祝福ではなく、「母親なら誰でも与えるはずの祝福」の意味とわかる。
※3　「お供」の原語はTraineであるため、イアン・マッケレン主演の映画では汽車を出して遊んでいる。
※4　ここからヘイスティングズの「賛成です」までFのみ。
　このリヴァーズの台詞はFでは二行。一行目（Why with some little Traine）のあとに二拍半の間ができることになる。ケンブリッジ版編者は、リヴァーズが口を挟んだことに対してバッキンガムが眉をひそめ、緊張し

また開きかねぬからです。国家まだ幼く、
統治整わぬ今、危険は大きい。
どの馬も己の手綱をほしいままに、
自分勝手に駆け出しかねない。
明らかな危害のみならず危害の恐れも避けるべし
というのが私の意見です。
リチャード　王は私たち皆と和を結ばれた。
その誓いを断固として守り抜きたい。
リヴァーズ　同感です。ご一同も同じ思いでしょう。
だが、まだ和睦《わぼく》を結んで日が浅い。
誓いが破られそうになる事態は避けたほうがいい。
ひょっとして人が多く集まればそんなことが起こらぬでもない。
ですから、高貴なバッキンガム公に賛同し、
少人数で王子様をお迎えするのがよろしいでしょう。
ヘイスティングズ　賛成です。
リチャード　ではそうしよう、そしてラドロー城[※5]へ
直ちに向かうのは誰にするか奥へ入って決めることにしよう。
母上、そして姉上も、どうかいらしていただけますか。
この件につき、ご助言を賜りたいので。[※6]

た一瞬があり、とりなすように「バッキンガム公爵閣下」と丁寧に付け加えるのではないかと示唆している。ここでリヴァーズの気後れが表明されれば、次の台詞で賛同を示す流れがわかりやすい。

※5　Fがここと この場の最終行を「ロンドン」としているのは不注意によるミスであろう。Qにある「ラドロー」を採用。
※6　Qではこのあと公爵夫人と王妃が「喜んで」と言う。

バッキンガムとリチャードを残して一同退場。

バッキンガム　殿下、誰が王子のもとへ行くにせよ、
我々二人があとに残るようなことがないようにしましょう。
というのも、前にお話ししたあの筋書きの手始めとして
道々機会を窺い、妃の高慢な親族を
王子[※1]から引き離すようにしますから。
リチャード　それでこそ、わが分身、腹心、
この身を導くご神託、予言者だ、いとしいバッキンガム。
俺は幼子《おさなご》のようにおまえの指図に従うまでだ。
ではラドロー城へ。あとへは残らんぞ。

一同退場。

第二幕　第三場

一方のドアから一人の市民、他方のドアから別の市民登場。

市民1　おはよう、お隣さん。そんなに急いで、どちらへ？
市民2　実は自分でもわからんのです。あなた[※2]、噂を聞きましたか。

※1　Qでは「王」。

※2　Qではこの台詞は市民1のものであり、次が市民2、その次が市民1となる。

市民1　ええ、王様が亡くなられたとか。
市民2　悪いニュースだ。いいニュースってないな。
いやだ、いやだ、ひどい世の中だ。

別の市民登場。

市民3　皆さん、おはよう。
市民1[※3]　おはようございます。
市民3　エドワード王の訃報は本当かね。
市民2[※4]　ええ、それが本当なんです。おかわいそうに。
市民3　じゃあ、気をつけんと、世の中が乱れるな。
市民1　いえいえ、とんでもない、ご子息が王になられますから。
市民3　子供が王になる国には禍《わざわい》がある。
市民2　王子様でうまく治まりますよ。
未成年のあいだは、お付きのご意見番が、
成長してご成人になった暁《あかつき》はご自身が、
立派に治めてくれますよ。
市民1　ヘンリー六世が生後九ヶ月で
パリで即位なさった時と同じですね。
市民3　同じ？　いやいや、そうじゃない。

※3　Qではこの台詞なし。
※4　Qでは、ここは市民1が「そうです」とのみ答える。

あの時は、この国には政治に優れた
有名な重臣がそろっていた。あの時は
王を支える徳高い叔父さんたちがいらした。
市民1[※1]　今の王だって、父方にも母方にも叔父さんがいます。
市民3　全部父方だったらよかったんだがね。
あるいは父方が一人もいなければ。
誰が一番おそばにつくか争いが起これば、
とばっちりは我々にも及ぶぞ。
ああ、実に危険だ、グロスター公爵は。
しかも妃の息子や兄弟は尊大で高慢だ。
あの連中が天下をとらず、臣下となってくれれば、
この病んだ国も以前どおり穏やかになるだろうがなあ。
市民1[※2]　いやいや、心配しすぎですよ、大丈夫ですよ。
市民3　曇ってきたら、コートを羽織るのが知恵者だ。
大きな葉が散り始めるなら、冬は間近だ。
太陽[※3]が沈めば、夜だと思わぬ人はいまい。
時ならぬ嵐が来れば、飢饉《ききん》を心配するものだ。
大丈夫かもしれんが、しかし、大丈夫だとしても、
それは望外の幸せ、とても期待はできない。

※1　Qでは市民2の台詞。

※2　Qでは市民2の台詞。

※3　幕開きからエドワード四世は太陽になぞらえられてきたが、その紋章も太陽（三つの太陽を象ったもの）。これは『ヘンリー六世』第三部第二幕第一場で描かれるように、エドワードがリチャードとともに大空に見た三つの太陽の逸話に基づく。

市民2　まったく、人々の心は恐怖で一杯です。
理屈のわかる人で、陰鬱《いんうつ》な顔をして
おびえきっていない人はまずいません。
市民3　何かが変わる直前はいつもそうだ。
どういうわけだか勘が働き、人の心は
危険が迫っていると察するのだ。ちょうど、
荒れ狂う嵐の前に波が高くなるのを見るように。
だが、すべては神様次第だ。どちらへ？
市民2　実は、私たちは裁判所に呼ばれているんです。
市民3　私もだ。ご一緒しよう。

一同退場。

第二幕　第四場

ヨーク大司教、若いヨーク公爵、王妃エリザベス、ヨーク公爵夫人登場。

大司教　ご一行は昨晩ストーニー・ストラットフォード※4に、

※4　バッキンガムシャーの小村ストーニー・ストラットフォードよりも、ノーサンプトンのほうがロンドンから約十五マイル遠い。トマス・モアの年代記によれば、王妃一族逮捕のため、ノーサンプトンへ遠回りしたのだ。
Qでは「ご一行は昨晩ノーサンプトンに、今晩はストーニー・ストラットフォードにお泊り」と順番を逆にしている。史料に基づいてシェイクスピアが書いたFに、役者たちが手を加えたのがQであると推察される。

今晩はノーサンプトンにお泊りになると聞いています。
明日かあさってには、ここにお着きになりましょう。

公爵夫人　王子に会いたくてたまりません。
前見た時よりずっと大きくなったでしょうね。

王妃　そうでもないそうですよ。背丈は、弟のヨークに
もう少しで追いつかれそうなくらいなんですって[※1]。

ヨーク　ええ、母上、でも僕、そうじゃないほうがいい。

公爵夫人　どうしてだね。大きくなるのはよいことだよ。

ヨーク　おばあさま、ある晩、夕食をいただいていた時にね、
僕が兄さんより成長が早いと、リヴァーズ叔父さんが
おっしゃったら、グロスター叔父さんが、「そう、
薬草は小さいけれど徳高い、雑草はむやみやたらと背が高い[※2]」
だって。それ以来、早く大きくなるのが嫌になったんだ。
素敵な花はゆっくり育つのに、雑草は生い茂るから。

公爵夫人　まあ、まあ、そんなこと、おまえにそう言った
当の本人に当てはまらないじゃありませんか！
幼い時は、ちんちくりんで、
なかなか育たず、それは時間がかかったのだから、
そんな理屈が通るなら、徳高い人であるはずです。

※1　原文は almost ouertane (over-taken) him. もう少しで (almost)、九歳の弟が十二歳の兄の背に追いつきそうだということ。二人の年齢については95頁注3参照。

※2　原文は Small Herbes haue grace, great Weeds do grow apace. grace, apace の押韻やgの頭韻があって、調子のよい警句風になっている。

大司教※3　確かに徳高い方ですよ、あの方は、公爵夫人。
公爵夫人　そうであればよいですが、母親としては首を傾《かし》げます。
ヨーク　ああ、あの話、思い出してたらなあ、
叔父様をぎゃふんと言わせてやれたのに、
僕の成長ぶりなんかより叔父様のほうがすごいって。
公爵夫人　どういうこと、ヨーク。教えて。
ヨーク　だって、叔父様は生後二時間で
堅パンの皮を噛めるほど成長が早かったと聞くけれど、※4
僕に歯が生えたのは二歳の時だもの。
おばあさま、これってすごく歯ごたえのあるジョークでしょ。
公爵夫人　ねえ、かわいいヨーク、そんなこと誰から聞いたの？
ヨーク　叔父様の乳母だよ、おばあさま。
公爵夫人　乳母？　乳母は、おまえが生まれる前に死んでいるよ。
ヨーク　乳母じゃなかったら、誰から聞いたかわかんない。
王妃　いけない子。だめよ、あることないこと言って。
公爵夫人　どうぞ、子供を叱らないで。
王妃　壁に耳ありです。
使者※5登場。

※3　Fではこの台詞は「ヨーク」の台詞になっているが、従来の校訂に従い、Qにある *Car.*（大司教）を採る。Fどおりのテクストを示すケンブリッジ版でさえ、「この台詞は注意深い高位聖職者の言葉のように思える」と記している。次の公爵夫人の返答も少年への返答にしては硬い。Fの植字工は、ヨーク大司教とヨーク公を混同したのであろう。
※4　エドワード・ホールやサー・トマス・モアが伝える物語においては、リチャードは予定日より遅れて生まれ、母の胎内で成長していたため、出生時に歯が生えていた。シェイクスピアは、そこを変更し、未熟児でありながら、歯が生えてい

大司教　使いの者が参りました。何の知らせだ。
使者　お伝えするのがはばかられるようなお知らせです、睨下《げいか》。
王妃　王子は、どうしていますか？
使者　恙無《つつがな》くお健《すこ》やかであらせられます。
公爵夫人　知らせとは？
使者　　リヴァーズ卿とグレイ卿が、
ポンフレット城※1へ送られ、
サー・トマス・ヴォーン※2と一緒に囚《とら》われの身となりました。
公爵夫人　誰の命令で？
使者　グロスター、バッキンガム両公爵様でございます。
大司教　何の咎《とが》で？
使者　私がお伝え申し上げできるのはここまでです。
なにゆえ、また、何の咎で捕らえられたのかは、
存じあげません、睨下※3。　〔退場〕
王妃　ああ！　目に見える、わが一族の崩壊が。
虎がか弱い雌鹿を捕まえた。
人を人と思わぬ暴虐が動き出し、
あどけなく、稚《いとけな》い王座をつかんだ。
来るがいい、崩壊でも、流血でも、虐殺でも！

たとした。
※5　Qでは「ドーセット」。以下の台詞も。大司教の台詞は「あなたの御子息ドーセット侯爵がいらっしゃいました。何の知らせですか、侯爵」。
※1　ウエスト・ヨークシャーの町（正式にはポンテフラクト）にある城。一四〇〇年にリチャード二世が幽閉され処刑された。政治犯処罰の場として知られていた。
※2　ヴォーン（？〜一四八三）は王子エドワードの侍従。
※3　Qでは「奥方様」。

すべての終わりが、地図を見るようにはっきりと見える。
公爵夫人　まだ続くのか、呪われた不穏な諍《いさか》いの日々が！
この目はずいぶん長いことそんな日々ばかり見つめてきた。
わが夫は、王冠を手に入れようとして命を失い、
子供たちは動乱の波に浮き沈み、
私は、勝った、負けたと一喜一憂。
いざ王座に就き、内乱の騒ぎもきれいさっぱり
吹き飛んだと思いきや、勝った者同士、
兄弟同士※4が、血を分け、肉を分けての内輪もめ。
なんという自然に悖《もと》る狂気の乱暴沙汰、
ああ、呪われた怒りよ、治《おさ》まっておくれ、
さもなくば私は死にたい、二度とこの世※5を見たくはない。
王妃　〔ヨークへ〕さ、いらっしゃい、おまえ。聖域※6に逃れましょう。
お義母《かあ》様、お元気で。
公爵夫人　　お待ち。私も参ります。
王妃　お義母様は大丈夫です。
大司教　　お妃様※7、さあ早く。
そちらへ貴重品や身の回りの品々をお持ちください。
私は、お預かりしている国璽《こくじ》※8を

※4　「兄弟同士」はFのみ。
※5　Fは「この世」だが、Qは「死」。
※6　史実ではエリザベスはヨークを連れてウェストミンスター寺院へ逃げた。
※7　原文にある My gracious Lady は普通、王妃への呼びかけであるため、ここに「王妃に」というト書きを加える編者もいる。これを公爵夫人への呼びかけととる可能性も否定できないかもしれないが、第四幕で公爵夫人は聖域へ行かないことが示される。
※8　国璽は君主でないエリザベスに渡してはならない。その禁を破るというのである。トマス・モアの語る史実では、こう言ったのはロザラム大司教。

お妃様へお返し致し、お妃様とご一族を命にかけてお守り致します。
さあ、聖域へご案内致しましょう。

退場。

第三幕　第一場

ラッパ吹奏。若いエドワード皇太子、グロスターとバッキンガム公爵、枢機卿〔バウチャー〕※1、〔ケイツビー〕その他登場。

バッキンガム　着きましたよ、皇太子様、王の都ロンドンへ。
リチャード　ついに来ましたね、わが甥、わが主君。
旅の疲れか、ふさいでおいでですな。
皇太子　いえ、叔父上、道中あった事件※2のせいで
せっかくの旅も気が重く、うんざりしたのです。
もっとたくさんの叔父上に出迎えてもらいたかったのに。
リチャード　年端も行か※3ぬ優しい皇太子様、その清きお心は、
まだ世間の欺瞞《ぎまん》に染まったこともなく、
人を見かけで判断なさるのも無理はない。
だが、見かけというもの、神もご存じだが
心と合致することはあまり、いやまったくない。
お会いになりたいという叔父たちは危険人物でした。

※1　カンタベリー大司教。史実でも、王妃を説得してヨーク公を聖域から連れ出した人物。

※2　リヴァーズ伯、グレイ卿、ヴォーンら逮捕のこと。彼らが逮捕されていなければ「もっとたくさんの叔父上」が王子を迎えてくれたはずというわけである。ただし厳密に言うと、叔父はリヴァーズ伯のみであり、グレイ卿は異父兄弟。

※3　皇太子は一四七〇年十一月四日生まれ。ロンドン到着の一四八三年五月四日当時、十二歳。
なお、弟のヨーク公は一四七三年（一説に一四七二年？）八月十七日生まれ。このとき九歳。

殿下は、その砂糖をまぶした言葉をお聞きになって、心の毒にお気づきになっておられなかったのです。神があいう裏切り者から御身《おんみ》をお守りくださいますように！

リチャード　殿下、ロンドン市長がご挨拶に参りましたぞ。

皇太子　神よ、そのように。でも叔父上たちは裏切り者ではない。

市長（、従者たちを連れて）登場。

市長　殿下には健やかに、幸せな日々を送られますよう！

皇太子　ありがとう、市長さん、みんなもありがとう。

母上と弟のヨークが途中でとっくに迎えに来てくれていいのだけど、まったくヘイスティングズ※は何をぐずぐずしているのだろう、母上たちがいらっしゃるかどうかも伝えに来ないなんて。

ヘイスティングズ卿登場。

バッキンガム　ちょうどそこへ、汗をかきかき参りました。

皇太子　よく来た。それで？　母上はいらっしゃるのか。

ヘイスティングズ　いかなる事情があってのことか存じませぬが、お母君の王妃様と弟君のヨーク公爵は、

※　ヘイスティングズはエドワード四世の侍従であったため、王子も侍従としての務めを期待している。

聖域にお隠れになりました。頑是《がんぜ》ない公爵様は
私と一緒に来て殿下にお会いになりたがったのですが、
お母君が無理強いしてお留《とど》めになりました。
バッキンガム　なんてまわりこんだ、ひねくれたことを
お妃はなさるものか！　枢機卿殿、どうか
ヨーク公を即刻兄君のもとへお送りくださるよう
お妃を説得していただけますか。
もし嫌だとおっしゃるなら、ヘイスティングズ卿、一緒に行って、
疑い深い妃の腕から無理やり王子を引き剝《は》がして来ていただきたい。
枢機卿《すうき》　バッキンガム公爵閣下、私の力ない弁舌で
お母君からヨーク公爵を勝ち得ることができますれば、
直ちにお連れ致しましょう。しかし、穏やかにお願いして
お聞き届けいただけなければ、致し方ありません、
神聖な聖域の神々しい特権を侵《おか》すことは
神の禁じる大罪。この国と引き換えにしても、
侵すことはできません。
バッキンガム　それはあまりに理不尽な屁理屈だ、猊下《げいか》、
形式としきたりにとらわれすぎている。
現代の世の中のひどさを考えてごらんなさい。

ヨーク公を連れ出したぐらいで聖域を侵《おか》すことになりはしない。
そもそも聖域の恩恵に浴するのは、
悪事を働いて身を隠したい者と、
そこに逃げ込もうという知恵の働く者だけだ。
ヨーク公は、そんな知恵を働かさないし、悪事も働いていない。
ゆえに、私見では、その恩恵に浴すことができない。
ならば、そこにいるべきでない方をそこからお連れしても、
特権を侵すの、掟《おきて》を破るのということにはならない。
聖域に逃げ込む大人の話はよく聞くが、
聖域に逃げ込む子供など、聞いたことがない。

枢機卿　閣下、この度だけは仰せのとおりに致しましょう。
では、ヘイスティングズ卿、参りましょうか。

ヘイスティングズ　参りましょう。

枢機卿とヘイスティングズ退場。

皇太子　どうぞできる限り急いでください。
ねえ、グロスター叔父さん、弟が来たら、
戴冠《たいかん》式[※1]までどこに滞在するのですか。

グロスター　王となる方にふさわしい場所です。
私から申し上げてよろしければ、ここ一両日、

※1　Fでは一貫して「リチャード」となっていた名前が、ここから王子やヨークとのやりとりが続く間、「グロスター」に変わる。リチャードという個人が「グロスター叔父さん」を演じるという意味合いがあるかもしれない（皇太子の台詞「ねえ、グロスター叔父さん」を参照）。
なお、Qでは第三幕の最後までは一貫して「グロスター」(*Glo.*)と表記され、王となった第四幕以降は「王」(*King.*)と表記されている。
Fでは、ほぼ一貫して「リチャード」という個人名が用いられる。ただし、本書204頁以降、リチャードはFでもときどき「王」と表記されている。

ロンドン塔※2にお泊まりください。
それからどこでも、健康と気晴らしに最もふさわしいと
お考えになる場所にお移りになるがよろしいでしょう。

皇太子　ロンドン塔は、どこよりも嫌だ。
あれはジュリアス・シーザー※3が建てたのですか。

バッキンガム　そうです、殿下、その後の時代に
何度か建て直されましたが。

皇太子　シーザーが建てたということは、
記録にあるのですか、それとも代々の言い伝え？

バッキンガム　記録にございます、殿下。

皇太子　でも、たとえ記録になくても、
真実は時代から時代に語り継がれて生きていくよね。
子孫から子孫へと語り継がれて、
最後の審判の日まで至る。

グロスター　〔傍白〕幼くして賢い者、長生きせず、か。

皇太子　え、なに、叔父さん？

グロスター　記録になくても、名声は長生きする、と申しました。
〔傍白〕こうして、昔の芝居の悪役※4さながら、
一つの言葉に二つの意味を込めるのだ。

※2　ロンドン塔は王族の居城であり、ここへの滞在を勧めることは穏当である。

※3　ラテン語読みではユリウス・カエサル。ローマの将軍にして政治家（一〇〇～四四BC）であり、シェイクスピアが歴史劇で大きく描いた人物の一人。
　ロンドン塔の中で最も古いホワイト・タワーは、一〇七八年頃に征服王ウィリアム一世によって建て始められたが、シーザーがその場所に砦を建てたという伝説がある。バッキンガムの「記録にございます」というのは事実に反するが、バッキンガムが皇太子を騙すつもりで言っているのかどうかは定かではない。

※4　道徳劇に登場したヴァイスのこと。

皇太子　ジュリアス・シーザーは名高い人だ。
武勇で知恵を豊かにし、
知恵ゆえに武勇は後の世まで生きながらえた。[※1]
この征服者は、死にも征服されることがない。
名声は生きているのだから、その身は絶えても。
ねえ、バッキンガム――

バッキンガム　なんでしょう、殿下？

皇太子　僕、大人になるまで生きていたら、
イングランドがフランスに持っていた昔の権利[※2]を奪い返すよ、
さもなきゃ、戦って死ぬ。僕が王ならね。

グロスター　〔傍白〕春、早ければ、夏、短し。

幼いヨーク公、ヘイスティングズ、大司教登場。

バッキンガム　ちょうどよいところへヨーク公がいらした。

皇太子　ヨーク公リチャード、気高い弟よ、[※3]元気か？

ヨーク　はい、陛下――って呼ばなきゃならないんだよね。

皇太子　ああ、おまえにも僕にも悲しいことだが。
その称号を持ち続けるべき人がつい最近亡くなったからね。
おかげでその称号の威厳が落ちたよ。

※1　シーザーが『ガリア戦記』や『内乱誌』を書き、著述家としても名を馳せたことを指す。
※2　『ヘンリー五世』で描かれるように、フランス支配は名君の証であった。王子が名君の器であることを示す台詞。なお、ヘンリー五世は一四二〇年に「フランス王国の世継ぎにして摂政」という称号を獲得したが、一四二二年に英仏両王が死亡したため、生後九ヶ月で王位を継承したヘンリー六世が「イングランドとフランスの王」を称した。その後、イングランドがフランスの権利を失っていくさまは『ヘンリー六世』に描かれている。
※3　Qでは「愛する」。

グロスター　お元気ですか、ヨーク公爵殿？
ヨーク　ありがとう、叔父さん、ああ、
　叔父さんは、雑草はむやみやたらと背が高いって言ったよね、
　ほら、兄さんのほうが僕よりずっと大きくなったよ。※4
グロスター　そうですね。
ヨーク　　　　　ということは、兄さんは雑草なの？
グロスター　とんでもない、そんなことはありません。
ヨーク　じゃあ、僕より兄さんをえこひいきするんだ。
グロスター　兄上はわが陛下としてお仕えする方ですが、
　殿下は親族でしかありませんからね。
ヨーク　ねえ、叔父さん、この短剣をちょうだい。
グロスター　短剣ですか。是非とも受けていただきたい。※5
皇太子　ヨークは物乞いになったのか。
ヨーク　なんでもくださる優しい叔父さんにはね。
　それにつまらないものなら、手放しても惜しくないでしょ。
グロスター　もっと大きな物を差し上げましょう。
ヨーク　大きな物？　ああ、これとおそろいのその刀だね。
グロスター　ええ、でも重すぎるから、やめておきましょう。
ヨーク　なんだ、軽い贈り物ならするのに、

※4　90頁の注1と2参照。

※5　原文 with all my heart には、是非ともヨークの胸に短剣をつきさしたいという意味が籠められていると多くの注釈者が指摘する。

重々しいものは、物乞いにはやらないんだ。
グロスター 殿下が身につけるには重すぎましょう。
ヨーク もっと重くても軽くあしらうよ。
グロスター この刀を本気でご所望ですか、おちびのお侍《さむらい》さん？
ヨーク うん、そして今呼ばれたようにお礼を言うよ。
グロスター どのように？
ヨーク ちびっと。
皇太子 ヨークの口の悪さはいつものこと。
叔父様は不運を背負ったとあきらめて堪忍してください。
ヨーク ふうん、不運じゃなくて僕を背負えってことでしょ。
叔父さん、兄さんは叔父さんと僕をからかってますよ。
僕が猿みたいにちびっこいから、
叔父さんの背におぶってもらえばいいって言うんですよ。※1
バッキンガム 〔傍白〕なんという鋭い機知が働くことか。
叔父をからかったうえで、それをごまかすために
おもしろおかしく自分をだしにする。
この幼さにして、この抜け目なさ、驚くべきだ。
グロスター 殿下、どうぞお先にいらしてください。
私とバッキンガム公は

※1 叔父の盛り上がった背中へのあてこすりと解釈するのが普通だが、他にも、当時は熊や阿呆が猿をかつぐ余興があったため、叔父を阿呆（熊）扱いしているとも考えられる。

殿下の母君のところへ参り、ロンドン塔で
皆様をお迎えくださるようお願いしてまいります。

ヨーク　え、ロンドン塔へ行くの？

皇太子　摂政殿の強いご意向だ。

ヨーク　ロンドン塔じゃ、落ち着いて眠れないよ。

グロスター　どうして？　何か怖いことでも？

ヨーク　クラレンス叔父さんの怒った幽霊が出る。
あそこで殺されたって、おばあさまが教えてくださった。

皇太子　死んだ叔父上は怖くはない。

グロスター　生きた叔父さんも怖くないでしょう？

皇太子　※2生きた叔父上を怖がらずにすむとよいですね。
さあ、行こう、ヨーク。重たい心で
叔父上たちのことを考えながら、ロンドン塔へ。

合図のラッパ。皇太子、ヨーク、ヘイスティングズ、ドーセット〔その他〕退場。リチャード、バッキンガム、ケイツビーが残る。

バッキンガム　あのちびすけのおしゃべりヨークが、
こうも口汚く殿下をなじり、揶揄《やゆ》するとは、
あれの狡猾《こうかつ》な母親に焚《た》きつけられたとは思いませんか。

※2　坪内逍遙が「えゝ。生きてゝさへ下さりゃ安心だけれど。(と母方の叔父のことを思ひ出したらしかったが〔…〕)」と訳して以来、その意味でとられてきたが、原文は And if they liue, I hope I need not feare. とあり、この I hope には、深い意味がこめられているように思われる。賢い皇太子は、グロスター公リチャードに一抹の不安を感じているのであろう。

グロスター　そうだ、そうだ。まったく油断ならぬ小僧だ。
大胆ではしこく、悧巧《りこう》で、生意気で、抜け目がない。
頭から爪先《つまさき》まで母親譲りだ。
バッキンガム　まあ、放っておきましょう。おい、ケイツビー、
こっちへ来い。おまえは誓ったな、我々が話した秘密を
堅く守り、その計画を必ず実行すると。
道々説明した事情もわかってくれたな。[※1]
どう思う？　ウィリアム・ヘイスティングズ卿に
一枚噛《か》んでもらうのは容易ではないだろうか、
この名高い島の王座に
この気高い公爵を据えようという計画に？
ケイツビー　亡き王のためにも、王子を大切になさるお方です。
王子のためにならぬことはなさりますまい。
バッキンガム　では、スタンリーはどうだ。あれもだめか？
ケイツビー　万事ヘイスティングズのいいなりです。
バッキンガム　では、こうするしかない。ケイツビー、すまぬが、
それとなくヘイスティングズに探りを入れてくれ。
こちらの計画にどう反応するのか。
そして明日ロンドン塔での[※2]

※1　ラドロー城より
ロンドンまでの道程。

※2　ここより三行F
のみ。Qでは、その代
わりに「もしやっにそ
の気があるなら」の半
行が入る。

戴冠式に関する会議に出席してほしいと伝えるのだ。
もし言うとおりに動いてくれそうなら、
その気にさせて、すっかりこちらの思惑を話してしまってよい。
もし鉛か氷のように、冷たく、気がないなら、
おまえもぶっきらぼうに冷たく話を打ち切り、
やつの動きをこちらへ教えてくれ。
明日、二つの会議※3を開くので、
おまえにも大いに活躍してもらわねばならぬ。

リチャード　ヘイスティングズ卿へよろしく。こう伝えてくれ、
閣下を貶《おとし》めたかつての危険な敵の一味が
明日ポンフレット城で血を流すと。
そしてこう言うがいい、この吉報で日ごろの鬱憤《うっぷん》が晴れれば、
ショア夫人に接吻《せっぷん》※4を一つおまけしなさいとな。

バッキンガム　ケイツビー、この件、くれぐれも頼んだぞ。

ケイツビー　細心の注意を払います。

リチャード　寝る前に※5報告をもらえるかな、ケイツビー？

ケイツビー　はい、殿下。

リチャード　クロスビー邸だ。そこに我ら二人ともいるからな。

ケイツビー退場。

※3　一つはエドワード五世の戴冠式に関する会議、もう一つは摂政を王にする会議だとトマス・モアは伝える。

※4　原文はShoreとmoreの言葉遊び。シェイクスピアの、というよりはリチャードの言葉遊び（リチャードがふざけている）なので、原語上演では大抵バッキンガムが反応して笑う。ヘイスティングズの弱点を押さえている（13頁と120頁参照）ことへのリチャードの上機嫌を示す。

※5　ケイツビーは次の場で、翌日早朝にヘイスティングズを訪れており、時間の流れに齟齬がある。ただし、156頁でティレルに言うのと同じ台詞であり、リチャードの犯罪の反復性が暗示される。

バッキンガム　さて、殿下、ヘイスティングズ卿が
　こちらの計画に加わらないとわかったらどうしましょうか。
リチャード　首を刎《は》ねるさ。
　ま、※1なんらかの手を打とう。
　とにかく、俺が王になったら、おまえには
　ヘリフォード伯爵領と、兄の王が所有していた
　動産をすべてやるよ。
バッキンガム　そのお約束、頼みますよ。
リチャード　喜んで差し上げよう。
　さあ、早々に夕食にし、あとで
　この計画を呑みこめるまで練り上げよう。

二人退場。

第三幕　第二場

ヘイスティングズ卿邸《てい》のドアに使者登場。

使者　閣下、閣下！　〔ドアを叩く〕

※1　Qには「首を刎ねるさ」にmanという呼びかけがついて、より軽い感じがする。F及びそれに基づくケンブリッジ版では「首を刎ねるさ」と「ま、なんらかの手を打とう」を二行に分けているが、その結果、「首を刎ねるさ」と言ってから意味深長な沈黙の中で二人が顔を見合わせる間ができる。そのあと「なんらかの手を打とう」(Something wee will determine)は、Qの「なんとかするさ」(somewhat we will doe)よりも調子が重い。

ヘイスティングズ　〔中から〕誰だね。※2
使者　スタンリー卿のもとより参った者です。
ヘイスティングズ　今何時だ?
使者　　　　　四時を打ったところです。
ヘイスティングズ卿登場。

使者　お伝えの向きからすればそのようです。
ヘイスティングズ　スタンリー卿は長い夜を眠られぬのか。
まず、閣下へよろしくとのこと。
ヘイスティングズ　それから?
使者　それから、昨晩、グロスター家の紋所である猪《いのしし》に
兜を引きちぎられた夢を見たとお伝えせよと。
それに、会議が二つに分かれて開かれますが、
一方の会議で決議されることが、他方に出席する
閣下とスタンリーの身の破滅になるやもしれぬと。
ですから、こうして私を遣《つか》わし、伺うようにとのことです。
直ちにスタンリーとともに早馬にて
北を目指して全速力でお逃げ願えないかと、
虫が知らせてくれた危険を避けるべく。

※2　直訳すれば、「誰が（ドアを）叩くのか?」（　）内はQのみ。

ヘイスティングズ　帰れ、帰れ、ご主人のもとへ帰れ。
別々の会議など恐れるなと伝えろ。
ご主人と私は一つの会議に出るが、
もう一方には良き友[※1]ケイツビーが出る。
我々に関係する議題があれば、
必ずこの耳に入る手筈《てはず》だ。
ご主人の恐れは浅はかで根拠がないと言ってやれ。
夢の話に至っては、眠れぬまどろみで見た幻影を信じるほど
単純なお方だったとは驚いた。
猪が追いかけてくる前に逃げ出すとは、
猪を刺激して追いかけさせ、
追うつもりがないのに追わせるようなものだ。
帰ってご主人に、起きて私のところへ来るように言え。
一緒にロンドン塔へ行けば、リチャードという猪が
我々を相応に[※2]もてなしてくれることがわかろう。

使者　では戻って、仰せのとおりお伝えします。

退場。

ケイツビー登場。

※1　Qでは「わが召使」。

※2　「相応に」とは、「親切に」とも「猪らしく残虐に」ともとれる。原語kindlyには、「優しく」と「性質(kind)に応じて」の両方の意味がある。ヘイスティングズはもちろん前者の意味で言っているのだが、後者の意味にもとれるところに劇的皮肉がある。

ケイツビー　おはようございます、閣下。
ヘイスティングズ　おはよう、ケイツビー。早起きじゃないか。
どうした、何かあったのか、このぐらついた国に？
ケイツビー　確かにふらついた世の中です、閣下。
立ち直ることはないでしょう、
リチャード様が王国の冠をつけられるまでは。
ヘイスティングズ　え、冠？　王冠のことか？
ケイツビー　はい、閣下。
ヘイスティングズ　この頭《かぶり》※3を切り落としてもらいたい、
そんな場違いな頭に冠が載せられるのを見るくらいなら。
だが、リチャードが冠を狙っているなどと見当がつくのか。
ケイツビー　はい、確かに。王冠を手に入れるべく
閣下がお味方になることを望んでおられます。
そして、この吉報を伝えるように私をお遣《つか》わしになりました。
すなわち、まさに本日、閣下の敵である
王妃の親族がポンフレット城で命を落とすと。
ヘイスティングズ　なるほど、その知らせを聞いて嘆く気はせぬ。
あの連中はずっと敵だったからな。
だが、リチャードの肩を持ち、

※3　原語はthis Crown of mine. この場合のcrownは「冠」ではなく「頭」。

ご主君の正統なお世継ぎを廃嫡するなど、
神かけてごめんだ。たとえこの命を奪われても。

ヘイスティングズ　その立派なお心のとおりにきっとなりましょう。

ケイツビー　それにしてもこの先一年は笑えるな、
わが主君にこの身を憎むように仕向けた連中が死ぬ悲劇を
こちらは生きて見物するとはな。
なあ、ケイツビー、※1 二週間と経たぬうちに
何人かの連中の虚を衝《つ》いて、あの世へ送り込んでやるぞ。

ケイツビー　死ぬ用意もできていないのに、※2
思ってもみぬ時に死ぬのは恐ろしいことでしょうな、閣下。

ヘイスティングズ　ああ、ひどい、ひどいことだ。そんな目に
リヴァーズ、ヴォーン、グレイは遭うのだ。そして、
おまえや私同様安全だと思っている他の連中もな。
こちらは、おまえも知っているように、
王族のリチャードやバッキンガムに大切に思われているが。

ケイツビー　おふたりともあなたを高く仰ぎ見ています。
〔傍白〕その首をロンドン橋に高く掲げて仰ぎ見ようというのだ。

ヘイスティングズ　そうだろう、それだけのことはしてきた。

※1　この行に、Qでは、ケイツビーが「なんでしょう、閣下」と応える台詞が入る。

※2　死ぬ前に罪の赦しを得なければ煉獄で責められるというカトリックの考えに基づく表現。『ハムレット』第一幕第五場、「終油の秘蹟も、懺悔の暇もなく、突然に／俗世の罪咲き誇る中、命を断ち切られ、／赦しも受けず、この身に罪を負ったまま／神の裁きの庭に引き出され」ることについて亡霊が「ああ、むごい！　むごい！」と言うのは、ここでヘイスティングズが言う「ああ、ひどい、ひどいことだ」(O, monstrous, monstrous!) という台詞に対応する。

ダービー伯スタンリー登場。

どうした、どうした、※3 猪狩りの槍はどこにある。
猪が怖いのに、手ぶらでお出かけかね。

スタンリー※4　閣下、おはようございます。おはよう、ケイツビー。
おからかいになってもよいですが、十字架にかけて
例の二つの会議は気に入りません、私には。

ヘイスティングズ　この身とて、貴殿同様、命は惜しい。
いや、正直、今ほど
命を大切に思ったことはない。
こちらの立場が安全だと確信できずに、
これほど勝ち誇っていられると思うかね。

スタンリー　ポンフレットにいる諸侯も、ロンドンを出る時は、
陽気でした。自分の立場は安全だと思っていたのです。
しかも疑う理由などありはしなかった。
だが、すぐに日は翳《かげ》るもの。
突然の恨みの一撃がいつこちらに降ってくるものやら。
私が無用な臆病風に吹かれているのならいいのですが。
で？　ロンドン塔へ行くんでしょう？　日が暮れますよ。※5

※3　Qでは「おや、閣下」。
※4　これまでは「ダービー」と表示された。
※5　朝四時から始まった場面ゆえ、この台詞はかなりの誇張である。Qにはない。原文は the day is spent.
　アーデン版編者は spent を arrived の意味にとろうとするが難しく、多くの編者は spent を well under way ととる。のんびり屋のヘイスティングズに対して、先を読もうとするスタンリーのせっかちさを表す台詞。また、からかわれたことに対するスタンリーの不愉快を表す。次のヘイスティングズの Come, come は、そんなスタンリーの不機嫌や性急さをたしなめる台詞であろう。

ヘイスティングズ　おい、おい、今行くさ。それより聞いたかね、貴殿が話していた諸侯は今日首を斬られるとな。

スタンリー　忠誠を尽くしたあの人たちの首を斬るより、あの人たちを断罪した連中を首にすべきです。だが、行きましょう、閣下。

勅使[※1]登場。

ヘイスティングズ　先に行ってくれ。この男と話がある。[※2]

スタンリーとケイツビー退場。

おい、どうだ[※3]、機嫌は？

勅使　お言葉をかけてくださってなおさら上々です。

ヘイスティングズ　こっちもご機嫌だ。このあいだ、ここでおまえと会った時よりもな。あの時、私はロンドン塔送りの囚人、王妃の一味の差し金でな。ところが、いいか、ここだけの話だが、今日、その敵どもが処刑される。だからこっちは大得意だ。

勅使　閣下のご機嫌が長く続きますよう。

※1　この勅使は逮捕状を執行する役人。ヘイスティングズがかつて逮捕されてロンドン塔へ留置されたときこの役人の世話になったのだとすれば、ヘイスティングズの台詞の意味と上機嫌の理由も説明がつく。なお、Q及び史実では勅使の名前がヘイスティングズと なっていて、ヘイスティングズ卿が「ヘイスティングズ」と呼びかけるのだが、何の説明もなしに同じ名前の人物が登場するので、かなり混乱する。

※2　Qでは「すぐ追いつく」。

※3　Qでは「よいところで出会った、ヘイスティングズ」。

ヘイスティングズ　ありがとう。ほら、これで酒でも飲め。※4

財布を投げる。

勅使　ありがとうございます。

勅使退場。

僧侶《そうりょ》登場。

僧侶※5　これはよいところで。お会いできて嬉しうございます。

ヘイスティングズ　ありがとう、サー・ジョン、本当に。まだでしたな、このあいだのお祈りのお礼が。今度の休息日においでいただければ、お支払いしよう。

僧侶　仰せのままに。※6

バッキンガム登場。

バッキンガム　おや、坊さんとお話しですか、宮内大臣殿？　坊さんが必要なのは、ポンフレットにいるお友達でしょう。閣下はさしあたり懺悔《ざんげ》の必要はありません。

ヘイスティングズ　まったくです。たまたまこの坊さんに会って、今仰せの連中のことを思い出した次第で。

※4　Qでは「ありがとう、ヘイスティングズ、ほら、これを使ってくれ」。

※5　この行、Fのみ。次のヘイスティングズの台詞はQでは「おや、サー・ジョン、よいところで会った」と始まる。

※6　Qではこの一行がなく、その代わりに「ヘイスティングズは僧侶の耳に何事かささやく」というト書きがある。恐らく僧侶役として雇った未熟な役者に台詞を言わせない工夫であろう。

これからロンドン塔へ？
バッキンガム　ええ、閣下、ただ長居はできません。
閣下より先に失礼致します。
ヘイスティングズ　ああ、そうですな、私は午餐《ごさん》までおりますから。
バッキンガム　〔傍白〕それが誤算だ、ま、知らぬが花だ――
さあ、行きましょうか。
ヘイスティングズ[※1]　お供致します。
退場。

第三幕　第三場

矛鑓《ほこやり》隊を連れてサー・リチャード・ラトクリフ登場。リヴァーズ、グレイ、ヴォーンの貴族たちをポンフレットの処刑場へ連行する。

リヴァーズ[※2]　リチャード・ラトクリフ、これだけは言わせてくれ。

今日、おまえが目にするのは、臣下が
誠実と義務と忠誠のために死ぬ姿だ。

グレイ　おまえたち皆から王子様が守られますよう！

※1　Qにはこの一行はない。

※2　Qではこの直前に、ラトクリフが「さあ、囚人をひったてい」と言う。

[※3]呪われた吸血鬼どもめ。
ヴォーン　おまえら、こんなことをして後で泣きを見るぞ。
ラトクリフ　さっさと行け。おまえたちの寿命は尽きた。
リヴァーズ　ああ、ポンフレット、ポンフレット。ああ、
血塗られた牢獄よ。気高き貴族の命を奪う忌まわしき場所！
おまえの罪深いこの壁の中で、
リチャード二世も斬り殺された。[※4]
そしてその陰鬱《いんうつ》な場所[※5]の悪名を高めるべく、
我らの罪なき血をおまえに呑ませてやろう。
グレイ　マーガレットの呪いが我らの頭上に降ってきたのだ。
[※6]ヘイスティングズやあなたや私にかけられたあの呪いが。
リチャードがあの女の息子を殺すのを見殺しにしたからと。
リヴァーズ　そしてあれはリチャードを呪い、バッキンガム[※7]、
それからヘイスティングズも呪った。ああ、どうか神よ、
我々への呪いと同じく、やつらへの呪いもお聞き届けを。
そしてわが姉と王子たちへの呪いは、
どうかお見逃しください、我らの誠の血に免じて。
無実の罪でこの血が流されることは、神もご存じのはず。
ラトクリフ　急げ。死刑の時刻は過ぎた。

※3　Qにはここと次の一行はない。ここが生きたヴォーンの唯一の台詞なので、亡霊としての台詞を除けば、Qではヴォーンはしゃべらないということになる。
※4　リチャード二世は一四〇〇年にポンフレット城で処刑された。
※5　Qでは「場所」ではなく「魂」。
※6　Qにはこの一行はない。
※7　マーガレットがバッキンガムも呪ったというのは思い違い。バッキンガムには自分自身の禍《わざわい》の祈り（71頁）が降りかかることになる。

リヴァーズ　さ、グレイ、さあ、ヴォーン、抱き合おう。
お別れだ、また天国で会おう。

一同退場。

第三幕　第四場

バッキンガム、ダービー伯スタンリー、ヘイスティングズ、イーリー司教、ノーフォーク、ラトクリフ、ラヴェル[※1]、その他がテーブルについている。

ヘイスティングズ　さて、諸侯、お集まりいただいたのは、戴冠《たいかん》式の手《て》筈《はず》を決めるためだ。
神の御名において、式の日取りはいつがよいだろうか。

バッキンガム　式の準備はすべて整っているのですか。

ダービー[※2]　はい、あとは日取りだけです。

イーリー[※3]　では、明日が吉日と心得ます。

バッキンガム　摂政殿はどうお考えだろう、どなたかご存じですか。
公爵と最も親しい方はどなたかな。

※1　Qのト書きは「会議のため諸侯登場、テーブルにつく」であり、Qではノーフォーク、ラトクリフ、ラヴェルは登場しない。
　前場でポンフレット城において処刑を行っていたはずのラトクリフが同じ日にロンドンに戻っているのはおかしいが、シェイクスピアの舞台において場所と時間は象徴的に用いられている。
　Qでは、ラトクリフの代わりをケイツビーが務めるように改められている。

※2　ダービー伯スタンリーは常に冷静に事態を把握している。

※3　イーリー司教ジョン・モートンは実在の人物。サー・トマス・モアが小姓として勤めた主人である。

イーリー　閣下こそ誰よりもご存じでしょう。
バッキンガム　互い[※4]の顔は知っているが、胸のうちはわかりません。
私が皆様の心を知らぬように、公爵はわが心をご存じないし、
皆様にわが心がわからぬように、私に公爵の心はわかりません。
ヘイスティングズ卿、あなたは公爵とご親密でいらっしゃる。
ヘイスティングズ　ありがたいことに、大切にされております。
だが、戴冠式についてのお考えは
お伺いしたこともなければ、殿下も
何もおっしゃっていません。
しかし、どうぞ諸侯、日取りを決めてください、
私が公爵に成り代わって賛同申し上げます。
公爵もきっと快くお認めくださいましょう。

リチャード登場。

イーリー　ちょうどよいところに、ご本人がいらした。
リチャード　皆さん、おはようございます。
寝坊[※5]を致したが、
私がいれば決められたはずの重大事が
私がおらぬために放っておかれてはいないでしょうな。

※4　Qには「え、私ですか？」の挿入あり。

※5　サー・トマス・モアの伝えるところによれば、九時にリチャードが現れ、苺を所望。しばらく退席して十一時に部屋に戻ってきたときには形相が変わっていたという。

バッキンガム　殿下がきっかけ※1どおりに登場なさらなかったら、
ウィリアム・ヘイスティングズ卿が殿下の代役をするところ——、
つまり、戴冠式について殿下の意見をおっしゃるところでした。
リチャード　ヘイスティングズ卿ほど大胆になれるお方はいない。
私のことをよくご存じで、私を大切にしてくださっている。※2
イーリー卿、※3このあいだホルボーンで
お宅のお庭に見事な苺《いちご》が※4生っているのを拝見しました。
どうか、少々取り寄せてはいただけないだろうか。
イーリー　※5それはもちろん、殿下、喜んで。

司教退場。

〔脇へ連れて行く〕

リチャード　バッキンガム公、一言。
ケイツビーが例の件でヘイスティングズに探りを入れたところ、
短気なあの男、かっときて、
ご主君のお子様が、と恭《うやうや》しく呼んだそうだが、
王子がイングランドの王座を失うことに同意するくらいなら、
自分の頭を失うほうがましだとほざいたそうだ。
バッキンガム　ちょっとそちらへ。ご一緒します。

〔リチャードとバッキンガム〕退場。

ダービー　まだお慶《よろこ》びの日を決めてはおらぬが、

※1　「きっかけ」「代役」などの演劇用語は、すべてが仕組まれた芝居であることを意識させる。123頁でもバッキンガムは役者の真似事について語る。

※2　Qではヘイスティングズが「ありがとうございます、殿下」と答えるが、Fではその隙もない。

※3　Qではここで、イーリー卿が「はい、殿下」と答える。

※4　この苺の逸話は、イーリー司教ジョン・モートンにかつて仕えていたサー・トマス・モアが詳細に語る史実。リチャードの仇敵であった司教の気をそらすために苺を命じたのであろう。史実では司教はこの日ヘイスティングズと共に逮捕される。その後バッキンガム公

明日は、思うに、早すぎる。
こちらの準備が整っておらぬ、
少し先に延ばしていただければいいのだが。

イーリー司教登場。

イーリー　グロスター公爵[※6]はどこへいかれた。
苺を取ってくるように言ってまいったのだが。
ヘイスティングズ　今朝は、公爵は上機嫌のご様子、
何か気に入ったお考えがあるのでしょう、
あんなに明るくおはようとご挨拶なさるとは。
キリスト教の国々の中で、あの方ほど
愛憎を隠せぬ人はいない。
思っていることがすぐお顔に出るのだから。
スタンリー　公爵のお顔にどんなお気持ちが見えていましたか。
今日、陽気にお振る舞いになったとして？
ヘイスティングズ　いやなに、ここにいる誰をも嫌っては
おられないということです。でなければ、お顔に出ますからな。[※7]

リチャードとバッキンガム登場。[※8]

の保護下に置かれ、公と共に謀叛。なお、苺の葉の下には蛇が潜むと言われていた。
※5　Qでは「行ってまいります、殿下」とそっけない。
※6　Qでは「摂政殿」。
※7　Qではこのあとスタンリーが「お怒りになっていなければいいのですが」と続ける。
※8　このとき「グロスターは眉をひそめ、唇をかみ、ひどく険悪な形相をしていた」とサー・トマス・モアの記録にある。それを旧ケンブリッジ版編者ジョン・ドーヴァー・ウィルソンはト書きとして書き加えたが、原文にはない。

リチャード　どうか皆さん、教えていただきたい。
忌まわしい魔法を使った悪魔さながらの陰謀で
わが命を狙い、この体に恐ろしい呪いの痕をつけた連中に
どう報いてやればよいのか。
ヘイスティングズ　殿下をいとおしく思うわが愛ゆえに、
お歴々の前ですが、言わせてください、
そんな連中は誰であろうと厳罰に処すべきです。
死刑が当然です、殿下。
リチャード　では、その目で連中の悪の証《あかし》をご覧なさい。
この身に呪いがかけられたのだ。ほら、この腕は、
立ち枯れた若木のように萎《な》えしぼんでしまった！※1
あの恐るべき魔女、エドワードの女房と、
いかがわしい娼婦《しょうふ》ショアがぐるになって、
魔法で私の体を歪《ゆが》めてしまったのだ。
ヘイスティングズ　もし二人がそんなことをしたのなら、殿下——
リチャード　もしだと？　あの呪わしい娼婦を囲っているおまえが、
私に向かって、もしだと？　この裏切り者めが。※2
こいつの首を刎ねろ！　聖パウロにかけて誓う。
こいつの首を見るまで食事はせぬ！

※1　リチャードの萎えた腕のことを知らぬ者はいなかったとトマス・モアは述べている。つまり、このヘイスティングズ逮捕劇は公然のでっちあげであった。
※2　「このときリチャードは大変な剣幕でテーブルを叩き、室外で『謀叛だ』と叫び声がしたかと思うと、部屋に入りきれないほどの大勢の武装した兵士が突入してきた」というトマス・モアの記述に基づき、オックスフォード版ではここで「テーブルをこぶしで叩く。兵士を率いてケイツビー登場」というト書きを加えている。

ラヴェルにラトクリフ、※3 処刑は任せたぞ。
私を愛するそのほかの人たちは、立ち上がって※4ついて来てくれ。

　ラヴェル、ラトクリフ、ヘイスティングズ卿を残して一同退場。

ヘイスティングズ　哀れなるはイングランド！　私ではない！
私は愚かすぎた。避けようと思えば避けられたことだ。
スタンリーは猪に兜《かぶと》を引っ剝《ぱ》がされる夢を見たのに、
それを私は馬鹿にして、逃げようともしなかった。
私の飾り馬は、今日三度《みたび》つまずき、
ロンドン塔を見て棹立《さおだ》ちになった。
まるで私を屠畜場へ連れて行くのを嫌がるように。
ああ、今こそ私には坊さんが必要だ。
あんなに得意げに小役人に
言わなければよかった、今日
ポンフレットで敵どもが惨殺されるが、
自分は安泰で寵愛《ちょうあい》を受けているなどと。
ああ、マーガレット、マーガレット、今こそおまえの
重い呪いが、ヘイスティングズのみじめな頭上に降りかかる。

ラトクリフ※5　さあ、さあ、行け。公爵がお食事をお待ちかねだ。

※3　Qでは名前の指定はなく、「誰か」。次のト書きに「ケイツビーがヘイスティングズと残る」とある。

※4　Fでは「立ち上がって」(rise) だが、Qでは「来い」(come)。命惜しさにヘイスティングズを見捨てて、一人また一人と席を立っていくところにもドラマがある。

※5　Qでは「ケイツビー」。

懺悔《ざんげ》は短くしろ。その首が見たいとの仰せなのだから。

ヘイスティングズ　ああ、死すべき人間のかりそめの愛顧を、
神の恩寵《おんちょう》にもまして求めてしまう浅ましさ！
他人《ひと》の笑顔に望みをつなぐ者は、
[※1]マストにのぼった酔っ払いの舟乗り同然、いい気になって
夢見心地でこっくりと舟こぐたびに、まっさかさまだ、
底知れぬ死のはらわたへ。

ラヴェル[※2]　さあ、さあ、行け。喚《わめ》いても無駄だ。

ヘイスティングズ　ああ、残忍なリチャード！
悲惨なイングランドよ、予言しよう。
かつてない恐ろしい時代がやってくるぞ。
さあ、死刑台へ連れて行け。この首を届けろ。
それ見て笑う者たちも、やがて死ぬ身と思い知れ。

一同退場。

〔第三幕　第五場[※3]〕

※1　「箴言」二三・三四「汝〔酒呑み〕は海の中に偃《ふ》すもののごとく　帆桅《ほばしら》の上に偃すもののごとし」(thou shalt be as he that lieth down in the midst of the sea, or as he that lieth upon the top of a mast.) より。

※2　ここから四行、Fのみ。

※3　FやQにはない幕場割り。

リチャードとバッキンガムが、さびついた鎧※4を着て、驚くほどひどい風体で登場。

リチャード　さあ、おまえにできるか、ぶるぶる震え、
顔色を変えて、何か言いかけては息を吞み、
ようやく話し始めたかと思えば、また口ごもり、
まるで恐怖で錯乱してしまったかのようになることが。

バッキンガム　なんの、悲劇役者の真似事ぐらいできますよ。
話しながら後ろを振り返り、あちらこちらに目を走らせ、
※5わらしべ一本動いても、震えて飛び上がる。
疑心暗鬼で血相を変えるも、
作り笑いもお手の物です。
どちらなりとも自由自在、
策に応じて、ご覧にいれましょう。
ところで、ケイツビーは行きましたか。

市長とケイツビー※6登場。

リチャード　うん。ほら、市長を連れてきた。

バッキンガム　市長殿※7――。

※4　ヘイスティングズの突然の攻撃を受けた被害者であるふりをするために、たまたま手近にあった古い武具を着けたという設定。

※5　この行Fのみ。

※6　Qではここでケイツビーが登場せず、この前後の「ところで、ケイツビーは行きましたか」「うん。ほら、市長を連れてきた」という会話もなく、代わりに市長が独りで登場するときリチャードが「市長が来た」と言うのみ。
　Qでは、その後のリチャードの「ケイツビー、城壁の向こうを見て来い」は舞台にいないケイツビーに向かって叫ぶことになる。

※7　Qではこの前に「市長は私にお任せください」が入る。

〔太鼓の音〕

リチャード　ケイツビー、城壁の向こうを見て来い。

〔ケイツビー退場[※1]〕

バッキンガム　あ、太鼓だ！

リチャード　その跳ね橋に気をつけろ！

バッキンガム　市長殿、お呼び致しましたのは——

リチャード　うしろに気をつけろ！　敵だ！

バッキンガム　神よ、罪なき我らを守りたまえ！

ラヴェルとラトクリフ[※2]がヘイスティングズの首を持って登場。

リチャード　大丈夫、味方だ。ラトクリフとラヴェルだ。

ラヴェル　あの恥知らずの裏切り者の首をお持ちしました。
よもやと思われた危険人物ヘイスティングズの。

リチャード　深く愛していた男だ。泣かずにはおられぬ。
この地上にキリスト教徒として生を享《う》けた者の中で
これほど正直で害のない男はいないと思っていたのに。[※3]
いわば、わが心の手帳として、この胸深くの思いを
あまさずこの男の中に書き連ねてきた。
美徳面をしてその悪徳を見事に塗り隠していたから、
まさに清廉潔白——いや、あの公然たる赤裸々な罪は別だが、

※1　〔　〕の部分は原文にない。ここでケイツビーは「城壁の向こうを見て来」るために退場すると考えられるが、たとえばこの場面が高い城壁の上であるならケイツビーはここで退場する必要はない。Fに基づく場合でも、ケイツビーが場面最後まで舞台にとどまるケースが考えられる。
※2　Qではラヴェルとラトクリフではなく、ケイツビーがヘイスティングズの首を持って入り、ラヴェルの台詞を言う。
※3　Qでは、ここに「ご覧なさい、市長殿」の一行挿入。

つまりショア夫人との姦通《かんつう》は別ではあるが――
どこから見ても清廉潔白だと思われていたのに。
バッキンガム　いやはや、これほどうまく正体を隠しおおせた
※4裏切り者はいない。
考えられますか、いや信じられますか、
たまたま事が明るみに出て、こうして我々は
生きてそれをお話ししてはおりますが、
まさかこの狡猾《こうかつ》な裏切り者が議事堂で
私とグロスター公爵を殺害する計画を立てていたなどと？
市長　この人がそんなことを？
リチャード　え？　我々がトルコ人※5か異端者とでもお思いですか。
それとも法の形式を無視して、
この悪党を早まって殺したとでもお思いですか。
あまりに差し迫った危険事態ゆえ、
イングランドの平和と我々の身の安全を考えれば
処刑もやむをえなかったというのに？
市長　いや、ご幸運で何よりです。この男には死刑が当然であり、
お二人の賢明なご処置は、卑劣な裏切り者どもが二度と
このような陰謀を謀らぬよう、よき見せしめとなりました。

※4　Fではこの行は短く、直後に三拍分のポーズが入る。Qではこの短い行が次行に組み込まれるなどして、この行より三行が二行で組まれている。

※5　エリザベス朝の英国国教会共通祈禱書（ブック・オブ・コモン・プレア）に「すべてのユダヤ人、トルコ人、異教徒、異端者」という表記があったほど、当時トルコ人は異教徒の代名詞となっており、残酷な民族と考えられていた。

バッキンガム　この男がショア夫人と関係を結んで以来、[※1]
よからぬことになるとは思っていました。
ただ、[※2]市長閣下が処刑にお立ち会いになるまで、
この男を処刑するつもりなどなかったのに、
この友人たちが[※3]我らを思うあまり、
早まったことをしたために、思うに任せなくなりました。
と申すのも、閣下には、是非現場に立ち会っていただき、
この裏切り者がおどおどと反逆の目的や方法を
告白するのをその耳でお聴きになったうえで、
それをそのまま市民の皆さんにお伝えして
いただきたかったのです。さもないと皆が誤解し、
この男の死を嘆き悲しまないとも限りませんから。
市長　いえいえ、閣下、お二人のお言葉で十分、
この男が話すのを見聞きしたも同然でございます。
どうかお二人[※4]とも、ご安心ください。
私から忠実な市民諸君に、お二人が正しく
この件をご処置になったことをお伝え致します。
リチャード　そのために、閣下にここにいらしていただいたのです。
口さがない世間の非難を避けねばなりません。

※1　Qではこの行と次の行まで市長の台詞。
※2　Q1は、ここからをバッキンガムの台詞として *Buc.* と記すべきところを間違えて *Dut.* とし、Q2はそれを直そうとして *Clo.*（*Glo.* のつもり？）とし、Q3以降は *Glo.* となった。
※3　ラヴェルとラトクリフのこと。Qではケイツビー一人のことになるはずだが、「友人たち」と複数形のままになっている。
※4　原語は right Noble Princes both. 王家の人間という意味で princes と呼びかけている。

バッキンガム　処刑には間に合わなかったものの、
その意図についてはご理解いただけたと思います。
では、市長殿、これにてお別れ致します。

市長退場。

リチャード　あとをつけろ、バッキンガム、あとを。
市長は急ぎ市庁舎に向かったぞ。
そこで、適当な機会を狙って、
兄エドワードの子供たちは妾腹《めかけばら》だと言い立てろ。[※5]
[※6]エドワードがある市民を縛り首にした話もしろ――
そいつが自分の息子に王冠を継がせると言ったからだが、
実は、王冠とは、その男の店の
看板のことにすぎなかったという例の話だ。
それから、エドワードが嫌になるほど好色で、
性欲にかけては獣のように見境なく、
召使、生娘、人妻と、手当たり次第に、
ぎらつく目と淫《みだ》らな心のおもむくまま、
次々に情欲の餌食《えじき》にしたという話もな。
いや、なんなら、この身に及ぶ話をしてもいい。
わが母上があの淫乱《いんらん》なエドワードを身ごもった時、

※5　バッキンガムが市民相手にヘイスティングズ処刑について演説をするのは、史実では処刑後十一日後。

※6　シェイクスピアの創作ではなく、サー・トマス・モアの著述に出てくる逸話。The Crowne という屋号で商売をしていたのは、チープサイドに住むバーデットという市民。モアによれば、エドワード四世はこの市民の言葉をわざと誤解したという。
　この逸話は、ホリンシェッドの年代記にはなく、エドワード・ホールの年代記に記録されているので、シェイクスピアはホールを通して知ったと思われる。

わが父である気高いヨーク公は
当時フランスに出征中であり、
時間をきちんと計算すれば、
父の子供ではありえないことも。
それは兄の顔立ちにはっきり表れており、
父上の気高い風貌《ふうぼう》とは似ても似つかぬと。
だが、ほのめかす程度に、控えめにしておいてくれ、
なにしろ、母上は生きておいでだからな。

バッキンガム　ご心配なく、殿下。見事弁士を務めます。
弁舌の報酬として黄金の冠を
自分のものとするぐらいのつもりで。では、これにて。※1

リチャード　うまくいったら、連中をベイナード城※2へ連れて来い。
そこで偉い坊さんや学のある司教たちと一緒に
お待ち申し上げていよう。

バッキンガム　行ってまいります。三時か四時ごろ、
市庁舎での首尾についてお知らせ致します。

退場。

リチャード※3　ラヴェル、大急ぎでショー博士※4のところへ行け。
〔ラトクリフ※5に〕おまえはペンカー修道士※6のところへ。二人とも、

※1　Qではここに別れの言葉はなく、次の台詞の最後にある。
※2　ロンドンにあるヨーク公爵夫人の住居。
※3　124頁でラヴェルとラトクリフが登場しなかったQではここより三行削除。
※4　ショー（シャー）博士は、市長の兄弟で、リチャードを支持した聖職者。
※5　Fではケイツビー退場が明記されていないため、124頁でケイツビーが退場していなければ、ここはケイツビーの可能性もある。その場合、ラトクリフは黙ってラヴェルとケイツビーとともに退場することになる。
※6　これもリチャード即位を支持した実在の人物。

一時間以内にベイナード城で私と落ち合うようにと伝えてくれ。

〔ラトクリフとラヴェル〕退場。

さて、俺は、クラレンスのガキどもを消すための
極秘命令をしたためよう。
いついかなる時も誰一人として
王子と面会まかりならぬと命じておこう。

一同退場。

〔第三幕　第六場〕※7

〔手に紙を持った〕※8 代書人登場。

代書人　これがヘイスティングズ卿の起訴状だ。
我ながら、きれいな書体できちんと清書できた。
これが今日、聖パウロ寺院で読み上げられることになる。
うまく辻褄を合わせたもんだよ。
清書するのにかかったのが十一時間、
なにしろ、ケイツビーが原稿をよこしたのがゆうべのことだ。

※7　FやQにはない幕場割り。
※8　「手に紙を持った」はQのみ。

原稿を書くのにだって同じぐらいかかっただろう。
ところが、つい五時間前、ヘイスティングズ様は生きていらして、
青天白日、取調べも受けず、自由の身だった。
すごい世の中だよ！　こんなあけすけな仕掛けを
わからないような馬鹿なやつがいるか。
だが、わかったと言うほど大胆なやつもいない。
世も末だ。こんないかさまが
見て見ぬふりをされるようじゃ、もうおしまいだ。

退場。

〔第三幕　第七場[※1]〕

リチャードとバッキンガムが両方の扉から登場。

リチャード　どうだった、どうだった、市民は何と言っていた？
バッキンガム　それがまったく、どうしたことか、
おし黙ったまま、一言も言わないのです。
リチャード　エドワードの子供たちは妾腹《めかけばら》だと言ってやったか。

※1　FやQにはない幕場割り。

バッキンガム　言いました。[※2]レイディ・ルーシーとの婚約のことも、
フランス王[※3]女との代理を立てての婚約のことも、
エドワードの果てしない貪欲のことも、
[※4]町の女房たちを手籠《てご》めにしたことも、
つまらぬことで暴君となることも。さらにその出生も怪しく、
お父君がフランス遠征中にできた子であり、
[※5]お父君と似ていないとも。
その一方で、殿下のお顔立ちのことを言いました。
姿かたちも心の気高さも
お父君の生き写しであると——
スコットランドであげた数々の武勲[※6]、
戦時における名将ぶり、平時における名君ぶり、
寛大で徳高く、謙譲なるお人柄——と、
そりゃもう何でも思いつく限り並べ立て、
これでもかとばかりに論じました。
そして演説が終わりに近づいた時、
祖国のためを思う者は、
「イングランド王リチャード万歳」と叫べと命じました。
リチャード　叫んだか、皆？

※2　「レイディ・ルーシーとの婚約のことも、フランス王女との代理を立てての婚約のことも」はFのみ。モアによれば、エドワードはグレイ夫人に求愛する頃、エリザベス・ルーシーとの間に子供があった。『ヘンリー六世』第三部第三幕第二場の中で王エドワードが「私は、聖母マリアにかけて、独身者でありながら、やはり何人かの子供をもっている」と言うのは、そのことと関係する。
※3　フランス王ルイ十一世王妃の妹ボーナ姫との婚約のことは、『ヘンリー六世』第三部第三幕第三場に描かれる。12頁注1参照。
※4　この行Fのみ。
※5　この行Fのみ。
※6　一四八二年にリ

バッキンガム　いえ、それがさっぱり。※1一言も言わず、※2
口の利けぬ銅像か、息をする石ころさながら
顔を見合わせ、真っ青になるばかり。
それを見て、私は思わず叱りつけ、
このわざとらしい沈黙はなんだと市長に詰め寄りました。
市長の答えるには、市民たちは
記録係※3以外の話には慣れていないのだと。
そこで、記録係にもう一度、話を繰り返させました。
「公爵はこう言われる。このように公爵は論じた」と――
ところが、記録係はそのとおりだとは言いやしない。
それが終わったところで、会場の隅のほうにいた
私の手下の何人かが、帽子を投げ上げ、
十人※4ほどで叫んだのです、「リチャード王万歳」と。
そのわずかな声をすかさずとらえ、
「ありがとう、市民諸君」と私は言いました。
「その沸き起こる拍手と歓声は、
諸君の賢明さと、リチャード王への敬愛を示すものだ」と。
そこで話を打ち切って、早々に立ち去ったのです。
リチャード　舌なしの木偶《でく》どもめ。口をきかぬだと！※5

チャードはスコットランド遠征で成功を収めた。

※1　リチャードが期待と興奮とともに「叫んだか」と問うのに、この台詞で肩透かしを食わされるので、観客が笑うところ。

※2　「一言も言わず」はFのみ。

※3　Recorder　ロンドンの市長と参事会員によって任命され、ロンドンの慣習や制度を規制管轄する行政官。「記録係」という訳語が示唆するより遥かに重要な職務であるが、相当する訳語がないために、原語の字義どおりの訳語とした。

※4　この一行Fのみ。

※5　Qではここでバッキンガムが「ええ、本当に、殿下」と答える。

では、市長とその仲間の連中は来ないのか。

バッキンガム　市長はすぐそこに来ています。何か恐れている
ふりをなさい。強く求められるまで話に応じないでください。
それから、いいですか、祈禱書《きとうしょ》を手にし、
二人の僧侶《そうりょ》に挟まれて登場するのです。そうしたら、
それを伴奏にして、こちらは聖なる旋律を奏でてみせます。
こちらの求めにたやすく応ぜず、乙女の役を演じてください。
いやよ、いやよと言いながら、結局受け入れるというわけです。

リチャード　そうしよう。こちらは一人でいやいやをするが、
そちらが皆を代表して口説き落としてくれれば、
生まれてこよう、いい結果が[※6]。

バッキンガム　さ[※7]、屋上へお上がりを。市長が戸を叩いています。

リチャード退場。

市長と市民登場。

ようこそ、閣下。こちらでお待ち申し上げているのですが、
どうやら公爵はお会いになってくださらないようです。

ケイツビー登場。

※6　原語の issue には「結果」と「子供」の両方の意味があり、このリチャードの台詞には性的意味合いが込められている。

※7　Qでは「まあ観ていてください。屋根にお上がりください」のみ。なお、ここで言う「屋根」は「二階舞台」の意味でとられることが多い。

さあ、[※1]ケイツビー、ご主君は何とおっしゃっている？

ケイツビー　明日あるいはあさって
また出直してくださらないだろうかとの仰せです。
ただいま奥にて、お二人の聖職者と
崇高な瞑想《めいそう》にふけっておいでです。
聖なるお勤めの最中に
世俗のお求めには応じられないとのことです。

バッキンガム　ケイツビー、すまぬが戻って、
公爵にこう伝えてくれ、私と市長と議員[※2]の皆さんが、
ほかならぬ国民全体のためになる
重大問題について、是非とも公爵に
ご相談申し上げたく参っておりますと。

ケイツビー　すぐそのようにお伝えしてまいります。

退場。

バッキンガム　いやはや、市長、エドワードとは大違いです。
淫《みだ》らな情欲の褥《しとね》でくつろぐどころか、
跪《ひざまず》いて瞑想をなさっておられる！
二人の娼婦といちゃつくのではなく、
二人の高僧とお勤めをなさっている。

※1　Qではここに「公爵の召使が来ました」という一文が挿入される。

※2　Qでは「市民」。

眠ってふやけた肉体を太らせるのではなく、
目覚めた魂を祈りで豊かにしているのです。
イングランドも幸せになるでしょう、
この徳高いお方が王座に就いてくださったら。
だが、きっとご承諾はいただけまい。

市長　とんでもない、いやとおっしゃるようでは困ります。

バッキンガム　おっしゃるでしょうな。※3

ケイツビーが戻ってきた。

さあ、ケイツビー、殿下は何と?

ケイツビー　このような大勢の市民たちを
何のためにお集めになったのかとお尋ねです。
このようなことは前もって聞いておらぬ、
何かよからぬことをお考えではないかとご心配になっています。

バッキンガム　私がよからぬことを考えるなどと
気高い公爵に思われるとは心外です。
誓って、私どもは混じりけのない愛をもって参っております。
そのようにもう一度戻って伝えてください。

ケイツビー登場。

※3　リチャードは打ち合わせどおり「いや」と言うだろう、という意味を含む。

ケイツビー退場。

信仰篤《あつ》く敬虔《けいけん》な人に、数珠《じゅず》を手にして祈っている最中に
出てきていただくのは難しい。
熱心な瞑想は、それほどすばらしいものです。

二階舞台に、二人の司教※1に挟まれてリチャード登場。〔この時ケイツビー、本舞台に登場※2〕

市長　ほら、殿下が二人の僧侶のあいだに！

バッキンガム　君子を虚栄の罪から救う
二本の美徳の支えです。
※3それにほら、手には祈禱書――
聖なる人物の真の証《あかし》だ。
名高いプランタジネット、王家の君子様、
我らが求めに優しいお耳をお貸しください。
キリスト教徒としての熱心なお祈りのお邪魔をして
申し訳ございません。

リチャード　公爵、そのように謝っていただくことはありません。
こちらこそどうかお赦《ゆる》しください、
神へのお勤めに没頭するあまり、

※1　128頁に言及されたショーとペンカーであろう。ただし、どちらも司教ではない。
※2　142頁に台詞のあるケイツビーはどこかで登場していなければならないが、FにもQにもケイツビー登場の指示はない。
※3　ここと次行はFのみ。

お越しくださったお友だちをお待たせしてしまいました。
それはそうと、どのような御用向きでしょうか。
バッキンガム　天にまします神様もお喜びになり、
この統治者のいない国のすべての善良なる民の喜ぶことです。
リチャード　どうやら私は何か、皆様の目に不調法に映る
間違いを犯したようです、
バッキンガム　それに気づかぬ私をお叱りにきたのでしょう。
そうです、殿下。どうか我らの求めに応じて
そのお間違いを正してください。
リチャード　過ちを正さねば、キリスト教徒とは言えぬでしょう。
バッキンガム　では、よいですか、あなたの間違いとは、
最高の地位、威厳ある王座、
代々受け継がれてきた王としての務め、
※4あなたの運命、もって生まれた責務、
王家の正統なる栄誉を
穢《けが》れた血筋という腐敗に委《ゆだ》ねていることです。
その間、あなたは穏やかなまどろみの瞑想にふけっている。
国家のために目を覚ましていただかねばなりません。
気高い国は正統なる手脚をもぎとられ、

※4　この行Fのみ。

その顔は不名誉な傷で汚され、
[※1]王家の株に卑しい植物が接木され、
あろうことか、暗く深い忘却の
深淵《しんえん》に呑み込まれようとしています。
それを救うために、我々は心よりお願いするのです、
殿下にその責務をお引き受けいただき、
[※2]殿下の国を王として統治していただくことを。
摂政だの執事だの代理人だのといった
他の人の僕《しもべ》としてでなく、
血から血を受け継いだ王として
殿下が受け継ぐべき王国を殿下のものとして治めてください。
このことでは、殿下の尊くも大切な
市民たちと意見の一致を見、
その熱烈なる思いに衝《つ》き動かされ、
その正しき主張をもって殿下のお心を動かしに参りました。

リチャード　黙って立ち去るべきか、
それとも激しく叱責《しっせき》すべきか、どちらが
[※3]私の身分やあなたがたの立場にふさわしいのでしょう。
もし黙っていれば、恐らく皆さんは、

※1　この行Fのみ。

※2　この行Fのみ。

※3　ここより「きっぱりとこのようにお答えします」までの十行はFのみ。

舌を縛られた野心が、返事もせぬまま、
皆さんが愚かにもこうして私に押しつけようとなさっている
王座という黄金の軛《くびき》を担う同意をしたとお思いでしょう。
もしまた、皆さんを叱りつければ、その訴えが、
私への心からの愛から出たものである以上、
結局は、味方を非難することになってしまいます。
ですから、前者の疑いを避けるべくお話をして、
お話をすることで後者の非礼を招かぬよう、
きっぱりとこのようにお答えします。
皆様の愛には感謝致しますが、とりえのない私には
その法外な要求に応じることはできません。
そもそも[※4]、たとえあらゆる障害が取り除かれ、
王家の生まれゆえに当然私が受け継ぐべきものとして
私の歩む道がまっすぐ王冠へと通じているにしても、
私はあまりに心貧しく、
あまりに夥《おびただ》しい欠点があるゆえ、
王家の偉大さからこの身を隠したいほどなのです——
大海原には漕《こ》ぎ出せない小舟ですから——
偉大な海原の中でこの身の置き場所はなく、

※4　リチャードは、「そもそも」（First）と切り出しつつ、この三行で、まず自分に王となる権利があることをそれとなく確認する。

栄光の飛沫《しぶき》を受けて息が詰まってしまいます。
だが、ありがたいことに、私の出る幕はありません。
あったとしても私にはどうすることもできませんが——
王家の木には王の果実が実を結んでいます。
次第に時が熟してゆけば、
その実は王座にふさわしいものとなり、
その統治で我らを幸せに（疑いなく）※1 してくださるでしょう。
その方に、皆さんが私に押しつけようとするものを委ねます。
幸せな星のもとにお生まれになった権利と運命を
私がその方から奪うことなどあってはなりません。

バッキンガム　殿下のよいお心がけはよくわかりました。
しかし、すべての事情をよく考えてみれば、
お気になさっているのは、細かな、つまらぬことです。
エドワード王子が兄上の息子だとおっしゃる。
それはそうですが、王妃の子ではない。
というのも、王が最初に婚約した相手はレイディ・ルーシー※2、
その誓約は殿下の母君が生き証人、
そしてその後、代理人を立てて婚約した相手が
フランス王の妹君ボーナ姫。

※1　括弧とともにやや不自然に差し挟まれた「疑いなく」という言葉は、逆に疑いがあることをほのめかす。

※2　サー・トマス・モアによれば、ショー博士は、摂政リチャードとその顧問会議の陰謀に従って、「王はルーシーと婚約していたゆえ、エリザベスとの間に生まれた子供は庶子である」と聖ポール寺院の説教壇より多くの聴衆に語った。

この二人を押しのけて現れたのが、つまらぬ請願者、※3
子沢山の、憔悴《しょうすい》した母親、
美貌《びぼう》に欠けた、やつれた後家、
女ざかりを過ぎたくせに、
王の淫らな視線を勝ち得、
王をまんまとたらしこみ、
堕落と忌まわしい重婚の罪へと誘った女です。
その赦されぬ褥《しとね》で、あの女に産ませたのが
礼儀上、王子と呼んでいるエドワードです。
もっと激しく論じたいところですが、
まだご存命でいらっしゃるお方への配慮から、
この舌先を鈍らせることに致します。
ですから、殿下、王と生まれたその身に
威厳ある王権をお引き受けください。
そうすることで国民と国家を喜ばせるおつもりがなくても、
せめて気高い王の血筋を
乱れたこの世の腐敗から守り、
本来の正しい道筋へお戻しください。
市長　そうしてください、殿下。市民からのお願いです。

※3　エリザベス・グレイは亡き夫の領地を返して欲しいと国王に請願した。『ヘンリー六世』第三部第三幕第二場参照。

バッキンガム[※1]　さあ、この敬愛の思いをお退けになりませぬよう。
ケイツビー　おお、皆を喜ばせ、正しい願いをお受けください！
リチャード　ああ、どうしてそんな苦労を私に押しつけるのか。
私は王の器ではない。
どうか、思い違いをしてくださるな。
求めには応じられないし、応じるつもりもない。
バッキンガム　お断りになるのは、愛と熱情ゆえに
兄君のご子息を廃嫡するのをお嫌いになるからであり、
殿下のお心根の優しさ、温かく、情のある、
思いやりにあふれた憐《あわ》れみゆえとわかっています。
そのお気持ちを親族のみならず、実際のところ、
あらゆる身分の人に対してお持ちであることもわかります。
だが、よろしいか、求めをお受け入れになろうがなるまいが、
兄君のご子息は我らが王となることはありえません。
誰か別の人間を王座に植えつけ、
没落したあなたの家の恥とします。
この決意を申し上げて失礼します。
行こう、市民諸君。もう頼んでも無駄だ。[※2]
〔バッキンガム、市長、市民〕退場。

※1　この行Fのみ。

※2　Qでは「畜生」という台詞がこの前に入り、リチャードが「おお、乱暴な言葉を遣われるな、バッキンガム殿」と言う。

ケイツビー　呼び戻して、求めを受け入れてください。
今断ったら、※3 国中が残念がります。
リチャード　煩《わずら》わしい世界に私を押し込むのか。
呼び戻せ。私は石でできているわけではない。
おまえたちの情にあふれる求めに動かされた。
わが良心にも魂にも反することだが。

※4 バッキンガムとその他登場。

バッキンガムよ、そして聡明《そうめい》にして謹厳《きんげん》なるご一同、
皆さんが私の背中に運命を押しつけ、
いやが応でもその重荷を背負わせようとするからには、
私もその荷にじっと耐えねばなりますまい。
しかし、皆さんに強要されてお引き受けした暁《あかつき》に、
黒い噂や、悪意の中傷を蒙《こうむ》った場合には、
皆さんが無理強いしたことを明らかにして、私が
不純な染みや穢《けが》れを受けることのないようにしていただきたい。
神もご存じのとおり、皆さんもお気づきとは思いますが、
このようなことを私はまったく望んでいないのですから。
市長　ありがとうございます。わかっております。そう伝えます。

※3　Qでは、ケイツビーのこの一行がなく、代わりに「別の人」(*Ano.* = another)、つまり一市民が「そうしてください、殿下、国中が残念がることのないように」と言う。
※4　このト書き、Fのみ。

リチャード　そう伝えてくれれば、真実を伝えることになろう。
バッキンガム　では、王としての称号でご挨拶申し上げます。
　イングランド王リチャード様万歳！
全員　万歳。
バッキンガム　明日[※1]、戴冠《たいかん》していただけますでしょうか。
リチャード　そちらの言うがままだ。皆さんのご意思なのだから。
バッキンガム　では明日、お迎えに上がります。
　[※2]最高の喜びと共にお別れ申し上げます。
リチャード　さあ、また聖なる勤めに戻ろう。
　さようなら、バッキンガム、さようなら、市民諸君。

一同退場。

※1　リチャード戴冠は一四八三年七月六日。ちなみに、第三幕第四場（ヘイスティングズ逮捕・処刑）は同年六月十三日、王子暗殺は同年六月二十二日。
※2　この行Fのみ。

第四幕　第一場[※3]

王妃エリザベス、ヨーク公爵夫人、ドーセット侯爵〔が一方のドアから〕登場。グロスター公爵夫人アン〔がクラレンスの幼い娘マーガレット[※4]と共に他方のドアから〕登場。

公爵夫人　あれは誰かしら？　孫[※5]のプランタジネットではないか。
手[※6]を引いているのは、優しい伯母、グロスターの妻か。
そう、きっと、ロンドン塔へ行くのでしょう。
心からの純な愛に駆られて、幼い王子に会いに。
娘よ、よいところで逢《あ》いました。

アン　お義母《かあ》様、お義姉《ねえ》様、
ご機嫌よろしゅうございます。

王妃[※7]　ご機嫌よう。どちらへ？

アン　ロンドン塔まで。お察しするに
お義母様たちも思いは同じ。
優しい王子たちにご挨拶にいらっしゃるのですね。

※3　この場面は、ホールやホリンシェッドに相当する場面がなく、キリストの復活劇でイエスの墓を訪れた三人のマリア（マグダラのマリア、ヤコブの母マリア、サロメ）のイメージを利用した場面。女たちがロンドン塔という一種の墓を訪れて嘆くのには、現代よりもはるかに宗教的な意味があっただろう。

※4　Qでは、この台詞のない幼い娘は登場しない。

※5　原語 Neece (niece) は女性の親戚を表し、Qでは嫁のアンのことを指す。

※6　ここより五行、Fのみ。

※7　Qでは、王妃「妹よ、よいところで逢いました。そんなに急いでどちらへ」。

王妃　ありがとう。一緒に中へ入りましょう。

ロンドン塔長官〔ブラッケンベリー〕登場。

ちょうどよいところに、あれに長官殿がいらした。
長官殿、ちょいと失礼。
皇太子と下の息子ヨーク[※1]はどうしておりますか。

長官　お元気です、奥方様。ご辛抱ください、
ご面会をお許しするわけには参りません。
王様の厳しいお達しがございますので。

王妃　王様！　とは、誰のこと？

長官　　　　　　　　　　　摂政様のことです。

王妃　あの殺生[※2]な男が王になるなどとんでもない。
あの男は親子の愛を引き裂くのか。
私は母です。誰が王子たちから引き離せましょう。

公爵夫人　私は王子たちの父親の母です。会いますよ。

アン　私は義理の叔母ですが、愛情では母同然。
だから、あの子たちの見えるところへ連れて行って[※3]。責任は、
私がとります。お役目をこちらへお引渡しください。

長官　いいえ、奥方様、駄目です。それはできません。

※1　Qには「下の息子ヨーク」がない。

※2　Lord Protector（摂政）とLord protect him（神が彼をお守りくださいますよう）という言葉遊びがある。

※3　アンは、二人に会わなくてもいいから、その無事な姿だけでも見たいと譲歩している。なお、この文は、Qでは「恐れることはない」と変わっている。

誓いを立てておりますので。どうかご勘弁のほどを。

退場。

ダービー伯スタンリー登場。

スタンリー　これより一時間後に改めて皆様にお目にかかりますが、
その時ヨーク公爵夫人には、二人の美しき王妃※4のお母君として
ご挨拶申し上げることになりましょう。
〔アンに〕さ、すぐにウェストミンスター寺院へお越しください。
そこでリチャード王のお妃《きさき》として戴冠していただく手筈《てはず》です。

王妃　ああ、この胸の紐《ひも》を切ってほどいて頂戴《ちょうだい》。
苦しい心臓が少しは動悸《どうき》できるように。
でないと、この身の毛もよだつ知らせに気が遠くなる。

※5**アン**　いやな知らせ。ああ、なんてつらい！

ドーセット　元気をお出しください、母上。しっかりして。

王妃　ああ、ドーセット、私にかまわないで、逃げなさい。
死と破滅がおまえの足元まで迫ってきています。
この母の名が子供に禍《わざわい》をもたらすのだ。
死から逃れたいなら、行きなさい、海を越えて、※6
地獄の手の届かないところでリッチモンドと暮らしなさい。

※4　これまで王妃だったエリザベスと、これから王妃となるアン。

※5　この行Fのみ。

※6　リッチモンド伯ヘンリー・テューダー（のちのヘンリー七世）は、フランス北西部ブルターニュにいた。

行きなさい、さ、早く、この屠畜場からお逃げ。
さもないと死人の数を増やすことになる。おまえが死ねば、
私はマーガレットの呪いの餌食※1だ。母でもなく、
妻でもイングランドの正統な王妃でもなく死んでしまう。

スタンリー　今のご忠告は実に賢明です。
〔ドーセットに〕今ならまだ間に合う。一刻も早く行くのです。
私から息子※2リッチモンドへ手紙を送ります。
あなたのために、途中まで迎えに来るように書きましょう。
ぐずぐずしていたら命取りです。

公爵夫人　おお、不幸を撒《ま》き散らす風！
ああ、この呪われた子宮、死の温床！
死を呼ぶ怪物をこの世に産み落としてしまった。
ひとにらみで人を殺す怪物を。

スタンリー　さあ行きましょう。急いでお連れしろとのことです。

アン　不本意ながら参りましょう。
ああ、この額を包むことになる
黄金の冠が、赤く焼けた鉄となって
脳を焼けただれさせてしまえばいい。
聖油の代わりに、死をもたらす毒を私にかけ、

※1　すでに王妃でも妻でもなくなったエリザベスであるが、まだドーセットの母であることでマーガレットの呪いをかろうじて逃れている。それゆえ、「ドーセットを逃がして、自分も母として生きたい。さもなくば、呪いどおりに死ぬことになる」というのである。原文 Lest thou encrease the number of the dead, And make me dye...において encrease も make も Lest にかかるのであるが、坪内逍遙が誤訳をして以来、これまでの翻訳者は「あなたは逃げなさい。私は（母でもないものとして）死にましょう」という意味の誤訳を続けてきた。

※2　義理の息子。35頁の注7参照。

皆が「王妃万歳」と叫ぶ前に死なせてほしい。

王妃　さあ、お行きなさい、あなたの栄光を妬《ねた》みはしない。
私を慰めようとして、ご自分に禍《わざわい》を祈ったりしてはだめよ。[※3]

アン　だめですって？　いいえ、今は夫のリチャードが、
ヘンリー王のご遺体にすがる私の前に現れた時、
そう、あの男の手にはまだ、天使のような前の夫が流した血、
そして私が泣きながら付き添っていた聖なる王の血が
まだこびりついていたというのに――
そう、あの時、ああ、私は、リチャードの顔を見て、[※4]
こう祈ったのです。「呪われろ」と。
「若い私を老けた寡婦《やもめ》にした呪いだ。
おまえが結婚する時は、悲しみがその褥《しとね》を訪れ、
おまえの妻は、もし妻になるほど狂った女がいたら、
おまえが生きていることで悲惨な思いをするがいい、
夫を殺された私以上に悶《もだ》え苦しむがいい」と。
ところが、この呪いを繰り返す間もあらばこそ、
女心の愚かしさ、たちまち、ああ情けない、
甘い言葉の餌食となって、心から
自分の呪いを自分で受けることになったのです。

※3　王妃はアンに wish thy selfe no harme.（あなたはあなた自身に禍をと祈ったりしないで）と言うのだが、アンはずっと以前に自分に禍が降りかかるように祈ってしまっていた。そのことを説明しようとして次のアンの台詞がある。

※4　第一幕第二場では、アンはリチャードの顔を見る前に呪っている。

おかげで、この目に安らかな眠りが訪れたことはない。
あの男のベッドで一時間たりとて
黄金の眠りを楽しんだことはなく、
あの男がうなされる悪夢でいつも起こされる。
そのうえ、あの人はわが父ウォリックゆえに私を憎んでおり、
きっと、そのうち私を亡き者にするでしょう。

王妃　さようなら、かわいそうな人。あなたの苦悩に同情します。

アン　私も心から、あなたの苦悩のために嘆きます。

ドーセット※1　さようなら、悲嘆のうちに栄光を迎えるお方。

アン　さようなら、哀れ、その栄光に別れを告げるお方。

公爵夫人　〔ドーセットに〕リッチモンドのもとへお行き。天使のお守りを。幸運を。
〔アンに〕リチャードのもとへお行き。
〔王妃に〕聖域にお逃げ。よいお祈りに身を任せなさい。
私は墓場へ。安らかに眠ります。
悲しみを見つめきたりて八十数年、
一時《ひととき》の喜びも、連日の悲しみに壊されました。※2

王妃※3　待って。もう一度一緒にあの塔をご覧になって。
古《いにしえ》の石の壁よ、憐れみたまえ、憎しみゆえに
おまえの壁の中に閉じ込められた幼子《おさなご》たちを。

※1　Q1とFではこの台詞を言うのはドーセット。Q2〜Q6では王妃。

※2　この最後の公爵夫人の台詞は、二行連句が三回繰り返された極めて形式的な台詞。

※3　ここより王妃の七行、Fのみ。直前の公爵夫人の台詞が二行連句で終止形となっているため、この場面はいったんそこで終わる感じがする。退場しかかる公爵夫人たちを王妃が「待って」と止めるのである。

あの小さなかわいらしい子たちには硬すぎる揺り籠よ、
稚《いとけな》い王子には手荒すぎる乳母、陰気すぎる老いた遊び友達よ、
どうかどうかあの子たちを大事にしておくれ。
こうして愚かな悲しみが石に告げます、さようならを。

一同退場。

第四幕　第二場

王の登場を告げるラッパ。〔戴冠《たいかん》し、〕豪勢な恰好《かっこう》をしたリチャード登場。バッキンガム、ケイツビー、ラトクリフ、ラヴェル〔そのほかの貴族たちと小姓〕登場。

リチャード　皆、脇へ下がれ。バッキンガム！
バッキンガム[※4]　陛下。
リチャード　手を貸してくれ。

ラッパ吹奏。[※5]

この高みに王リチャードがのぼるのも、

※4　この行Fのみ。
※5　Qには、「ここで王は王座にあがる」というト書きがある。

おまえの忠告と協力のおかげだ。
だが、この栄光は一日限りか
それとも末長く続くものか。
バッキンガム　いつまでもとこしえに続きますよう！
リチャード　ああ、バッキンガム、今こそ、
おまえが本物の金か試す時が来た。[※1]
エドワード王子は生きている。俺の言いたいことはわかるな。
バッキンガム　おっしゃってください、陛下。
リチャード　だから、バッキンガム、俺は王になりたいのだ。
バッキンガム　もうなっておられます、王様。
リチャード　俺は王か。そうだ——が、エドワードは生きている。
バッキンガム　確かに、気高い国王陛下。
リチャード　ああ、[※2]ひどい返事だな。
エドワードはいつまでも確かに気高い国王陛下というわけか！
なあ、バッキンガム、昔はそんなに鈍感ではなかったぞ。
はっきり言おうか。あの私生児どもに死んでもらいたいのだ。
それもさっさと始末してもらいたい。
さあ、何と返事する？　すぐに、手短に答えろ。
バッキンガム　御意《ぎょい》のままに。

※1　リチャードとバッキンガムのやりとりはシェイクスピアの独創。

※2　詩行分割（split line）が起こっているのは、リチャードの台詞が間髪を容れずに続くことを示す。

リチャード　〔舌打ちをして〕[※3] 氷のようだな。熱い気性が凍ったか。
では、あいつらを殺すことにおまえも同意してくれるか。

バッキンガム　少し息をつかせてください、しばしのご猶予を。
はっきりとしたお返事を致しますから。
すぐこの件のお答えを持ってまいります。

退場。

ケイツビー　王はお怒りだ。見ろ、唇を嚙んでおられる。

リチャード　〔傍白〕鈍重な阿呆や無鉄砲な小僧を
相手にしたほうがまだましだ。見透かすような目で
俺の顔を覗《のぞ》き込むようなやつはたくさんだ。
[※4] 野心満々のバッキンガムめ、用心深くなりおった――
おい、小僧！

小姓　はい。

リチャード　誰か知らぬか、金に誘われれば、
心を売って、密《ひそ》かに殺しをやるやつを。

小姓　不満を抱いた紳士が一人、
うだつがあがらず、高慢な心を腐らせています。
二十人がかりで説得するより、金さえやれば、
なんでもやってのけるでしょう。

※3　原文は Tut, tut. 二度舌打ちをする。

※4　Qではこの一行は「おい、小僧！」の次に来る。

リチャード　名は何という?
小姓　名は、陛下、ティレル※1です。
リチャード　聞いたことがあるな。※2ここへ呼べ。

〔小姓〕退場。

〔傍白〕遠謀深慮のバッキンガムは、
もはや俺の相談役ではない。
ここまで疲れも見せず俺と頑張ってきたのに、
息をつきたいと立ち止まるか!　ふん、好きにしろ。※3

ダービー伯スタンリー登場。

どうした、スタンリー、何の知らせだ?
スタンリー　陛下、ドーセット侯爵が※4——
聞くところによれば——リッチモンドのもとへ
逃亡したとのことです。
リチャード　ここへ来い、ケイツビー。
〔ケイツビーがリチャードのそばへ駆け寄る。スタンリーは脇へ下がる※5〕
〔ケイツビーに耳打ちして〕わが妻アンが、
重病だと巷《ちまた》に噂を流せ。
俺はアンを幽閉するように命令を出しておく。

※1　サー・ジェイムズ・ティレル（?〜一五〇二）は、エドワード四世に叙され、ヘンリー七世の時代に処刑された。ロンドン塔で二人の王子暗殺を指揮したことを告白して死んだという。
※2　この文Fのみ。
※3　この文Fのみ。
※4　リチャードの面前で初めて「リッチモンド」の名が言われる。このあとリチャードは動揺を示す。スタンリーを放っておいていきなりケイツビーを大声で呼ぶのはその最初の表れ。
※5　恐らく戴冠の儀式に参列して居並んでいる貴族たちの中に入るのであろう。

どこかのうらぶれた貧乏士族を一人見つけてこい。
クラレンスの娘と直ちに結婚させる。
息子[※6]の方は馬鹿だ、心配はいらぬ。
何をぼうっとしている！　もう一度言うぞ、
王妃アンが瀕死《ひんし》の重態、そう触れ回るのだ。
さあ、かかれ、いずれこちらの不利になりそうな
あらゆる芽をつぶしておかねばならん。　〔ケイツビー退場〕
〔独白〕兄の娘[※7]と結婚せねばなるまい。
さもなくば、わが王国の土台はもろいガラスだ。
王子たちを殺し、その姉と結婚する――
こいつは危ない橋だ。だが、ここまで血に浸《ひた》った以上、
罪を重ねていくよりほかはない。[※8]
涙を流すような憐憫の情は俺の目にはない。

ティレル登場。

おまえか、ティレルというのは？

ティレル　ジェイムズ・ティレル、陛下の忠実な僕です。

リチャード　本当か。

ティレル　お試しください、陛下。

※6　第二幕第二場に登場したエドワードのこと。姉マーガレットの二つ下の弟。

※7　王妃エリザベスとエドワード四世の娘エリザベス。のちにリッチモンド伯と結婚し、エリザベス一世の祖母となる。このエリザベスからテューダー朝の安泰が始まっているという感覚がシェイクスピアの時代にはあった。

※8　マクベス（第三幕第四場）の台詞と酷似。

リチャード　俺の友達を一人殺すことができるか。
ティレル　お望みとあらば。
しかし、できれば、陛下の敵《かたき》を二人殺す方がようございます。
リチャード　ほう、うまく言い当てたな。不倶戴天《ふぐたいてん》の敵二人、
この身の安寧を脅かし、甘い眠りを乱す二人を
おまえに始末してもらいたいのだ。
ティレル、つまり、ロンドン塔にいるあの私生児どもだ。
ティレル　二人にたやすく近づけるようにしてください。
そうすれば、陛下のご懸念のもとを取り除いて差し上げます。
リチャード　甘い調べを歌いおる。さ、近う寄れ、ティレル。
※1これを見せれば中に入れる。立て、耳を貸せ。

　耳にささやく。

それだけだ。すぐに終わったと報告しろ。
そうしたらおまえを気に入って大いに取り立ててやる。
※2**ティレル**　直ちに片付けます。
リチャード　私が寝る前に報告をもらえるか、ティレル。

　バッキンガム登場。

※1　恐らく指輪。
※2　この行とティレルの返答はQのみ。Fではティレルの退場と同時にバッキンガムの登場となり、二人は完全にすれ違うが、Qでは、ティレルがリチャードと会話しているところをバッキンガムが一瞬目撃するため、緊張が高まる。バッキンガムがティレルをいぶかしげな視線で見送るとすれば、芝居は一層面白くなるだろう。これは、次頁の時計の場と合わせて、シェイクスピアが後に改訂したものであろう。

ティレル　はい、陛下。

〔ティレル〕退場。

バッキンガム　陛下、考えてまいりました、
　先ほど打診なさいましたご要望の件ですが。
リチャード　あれはもうよい。ドーセットがリッチモンドへ逃げた。
バッキンガム　その知らせ、伺っております、陛下。
リチャード　スタンリー、おまえの女房の倅《せがれ》だ。気をつけろ。
バッキンガム　陛下、お約束になった賜り物を頂戴したく存じます。
　陛下が名誉と真実にかけて、私にくださるとおっしゃった
　ヘリフォードの伯爵領と動産——
　私が所有してよいとお約束になりました。
リチャード　スタンリー、女房に目を配れ。リッチモンドに
　手紙でも運ぼうものなら、おまえに責任を取ってもらうからな。
バッキンガム　お返事ください、陛下、正当なお願いです。
リチャード　そういえば、ヘンリー六世は、
　リッチモンドが王になると予言した、
　リッチモンドがまだひねくれ小僧の時に。
　王だと……ひょっとして……ひょっとすると……。
バッキンガム　陛下！※3

※3　ここより有名な「時計の場」。Fではすっかり抜け落ちている。恐らくシェイクスピアが後に付け加えたものであろう。ここよりリチャード退場までQを採用した。
　なお、ここでperhapsが二度繰り返されるのはQのみ、Fは一度。Fでは、その「ひょっとすると」に続いてバッキンガムが「お願いの儀、お認めくださるだけでも」と言うと、直ちにリチャードは「うるさいな、そんな気分ではない」と去ってしまうという流れになっている。

リチャード　どうしてあの予言者は、言わなかったのだろう。
　リチャードに殺されると？[※1]　俺もそばにいたのに。
バッキンガム　陛下、伯爵領のお約束は――
リチャード　リッチモンドか！　このあいだ
　エクセターに行った時だ、市長が城に案内してくれて、
　その城をルージュモントと呼んだので、リッチモンドかと思って
　ぎくりとした。アイルランドの詩人に予言されたのだ、
　リッチモンドを見たら長生きはせぬと。
バッキンガム　陛下！
リチャード　ああ――何時だ？
バッキンガム　ぶしつけながら、お約束いただいたことを
　思い出していただきたく存じます。
リチャード　だが、何時だ？
バッキンガム　十時を打ちました。
リチャード　では、打たせておけ。
バッキンガム　打たせておけとは？
リチャード　おまえは、さっきから時計の鐘つき人形のように、
　うるさくしつこく懇願して俺の瞑想《めいそう》を打ち破るからだ。
　今日はものをやる気分ではない。

※1　「リッチモンドがリチャードに殺されると」の意。ただし、オックスフォード版編者は「ヘンリー六世がリチャードに殺されると」の意に解釈する。いずれにせよ「あの予言者」とは、リッチモンドが王になると予言したヘンリー六世のこと。
　このあたりの独り言は、単にバッキンガムを無視するための便法ではなく、本気でリッチモンドを恐れ、心ここにあらずという状態で言われている。

バッキンガム　お願いの儀、お認めくださるだけでも。
リチャード　ええい、うるさい。そういう気分ではないのだ。
〔バッキンガムを残して一同〕退場。
バッキンガム　こういうことか。さんざん尽くしてやって、
そのお返しがこの侮蔑か。王にしてやったのに、これか。
ああ、ヘイスティングズのことを思い出そう。そして
ブレックノック[※2]へ逃げよう、この首がつながっているうちに。
退場。

〔第四幕　第三場[※3]〕

ティレル登場。

ティレル　むごたらしい、血みどろの仕事が終わった。
こんなかわいそうな、おぞましい殺しは、
いまだかつて、この国では犯されたことがない。
悔いても悔やみきれぬ[※4]この虐殺のために俺が雇った二人は、
ダイトンとフォレストという、

※2　別名ブレコン。ウェールズにあるバッキンガムの領地。

※3　Fでは、この第三場の場割りが省略されている。

※4　Fの原語はruthfull。Qではruthles（無慈悲な）。

名うての悪党、血に飢えた犬畜生のくせに、
子供のかわいらしさ[※1]を見て腑《ふぬ》抜けになり、胸を熱くして同情し、
王子らの悲しい死に様を話して子供みたいに泣きやがった。
「こんなふうにかわいらしく眠っていた」とダイトンが言う。
「こう、こんなふうに、重なり合うようにして」とフォレスト、
「アラバスター[※2]のように白い無邪気な腕をまわしていた。
唇は、まるで一本の茎に咲く四つの赤薔薇《ばら》、
キスするように寄り添って初夏の光に美しく映えた。
枕元には祈禱書だ。それを見て
とフォレストが言う、「決心が揺らいだ——
だが、ええい、畜生」——そこで悪党は言いよどみ、
ダイトンがこう続けた。「俺たちが絞め殺したのは、
自然が産んだ最高傑作、いまだかつてないほど
完璧な、美しいものだ」と。
そこまで言うと、良心と後悔に苛《さいな》まれ、
口も利けなくなってしまった。そこで俺は二人を残し、
残忍な王にこの知らせを持ってきたってわけだ。

リチャード王登場。

※1　二王子暗殺の一四八三年八月末ないし九月当時、兄は十二歳、弟は十歳であった。

※2　雪花石膏。彫刻材として用いられる。

そら、いらした。ご機嫌よろしゅう、陛下。
リチャード　親切なティレル、嬉しい知らせか。
ティレル　ご命令どおりにすることで
　お喜びいただけるなら、お喜びください。
　事は済ませました。
リチャード　二人が死ぬのを見届けたか。
ティレル　はい、陛下。
リチャード　埋めてやったのか、優しいティレル。※3
ティレル　ロンドン塔の司祭が埋葬をしました。
　しかし、どこにかは存じ上げません。※4
リチャード　夕食後、また来てくれ、ティレル、
　どんなふうに死んだのか聞かせてもらおう。
　それまでに考えておけ、私がおまえに何をしてやり、
　おまえの欲望をどのように満たしてやれるかを。
　では、さらばだ。
ティレル※5　失礼致します。　退場。
リチャード　クラレンスの息子は閉じ込めた。
　娘の方は卑しい男に嫁《とつ》がせた。※6

※3　詩行分割（split line）は、リチャードが質問を畳み掛けている様子を示す。
※4　約二百年後の一六七四年に、塔の階段の解体作業中に二人の子供の白骨が発見されたという。
※5　この行、Fのみ。
※6　史実では、クラレンスの娘マーガレットをサー・リチャード・ポールと結婚させたのはヘンリー七世であってリチャードではない。なお、この娘はヘンリー八世によって処刑された。

エドワードの息子たちは天国で眠り、
妃のアン※1は、この世に別れを告げた。
さてと、お次はブルターニュにいるリッチモンドだ。
あいつは、わが兄の娘、幼いエリザベスを狙い、その縁組で
王冠を手にしようと高望みをしている――その娘、
こっちが先に手に入れてやる。粋《いき》な口説きは任せとけってんだ。
ラトクリフ登場。※2

ラトクリフ　陛下！

リチャード　いきなりなんだ、よい知らせか、悪い知らせか。

ラトクリフ　悪い知らせです。イーリー司教モートンが寝返り、
リッチモンドのもとへ走りました。バッキンガムは挙兵し、
強大なウェールズ軍の援軍を受け、兵力増長の一途にあります。

リチャード　リッチモンドと組んだイーリーのほうが、
バッキンガムがかき集めた軍隊よりも危険だ。
さあ、びくつきながらあれこれ議論したところで、
重い足に鉛をつけるようなものだ。
後《おく》れを取れば、蝸牛《かたつむり》よろしくの薄のろ乞食になるのが落ちだ。
だからこそ、電光石火の翼をつけよう。

※1　アンが死んだのは一四八五年三月十六日。史実では、リチャードが策した毒殺ではないらしい。いずれにしても、史実においても、劇においても、このあとリチャード自身の死まで間もない（五ヶ月余り）。
※2　Qでは、ケイツビー。以下、Fのラトクリフの台詞をQではケイツビーが言う。

ジュピターの使いマーキュリーを王の伝令とするのだ。
さあ行け、兵を集めろ。盾に従いて進むのみだ。
さあ急げ、謀叛人《むほん》どもはすでに出陣しているのだ。

一同退場。

第四幕〔第四場〕※3

老いた王妃マーガレット〔独り〕登場。

マーガレット　今や栄華の果実も熟れ切って、
死神の腐った口へ滴《したた》り始めた。
私はこの辺《あた》りにひっそりと身を潜め、
わが仇《かたき》が落ちぶれる様を見守ってきたが、
しっかり見届けたわ、恐ろしい悲劇の幕があがるのを。
もう十分だ、フランス※4へ行こう。この悲劇の大詰めが
おぞましく陰惨になることを願いつつ。

ヨーク公爵夫人と王妃エリザベス登場。

※3　Fでは、ここが第三場となっている。

※4　マーガレットは、一四八二年、つまりエドワード四世が死ぬ前年にフランスで没している。40頁注2参照。

隠れろ、哀れなマーガレット。誰だ、あれは？
王妃　ああ、かわいそうな王子たち！　ああ、いたいけなわが子！
可憐な芽をようやく出して、つぼみで散った花二つ！
まだおまえたちの優しい魂が虚空を飛んでいるのなら、
まだ永劫《えいごう》の黄泉《よみ》の国に旅立ってはいないなら、
私の周りを軽やかな翼で飛び回り、
母の嘆きを聞いておくれ。
マーガレット　〔傍白〕飛び回って、言ってやれ。
因果応報だ、幼い朝の命が老いた夜の闇に消えたのは、と。
公爵夫人※1　たび重なる不幸で声が嗄《か》れてしまった。
嘆き疲れたこの舌は、もう、ものが言えない。
エドワード・プランタジネット※2よ、なぜにおまえは死んだのか。
マーガレット　〔傍白〕それも報いだ、プランタジネットが
プランタジネットを殺した。エドワードにはエドワードで償え！
王妃　ああ、神よ、あんなおとなしい子羊たちを見捨てて、
狼の腹に放り込んでしまわれるのですか。これまで
そんな行為がなされた時あなたが眠っていたことがありますか※3。
マーガレット　〔傍白〕ヘンリー王とわが息子が殺された時だ。
公爵夫人　この身は死んだ命、目は見えても見えぬ、生ける屍、

※1　Qでは、この公爵夫人の台詞三行は、次頁でマーガレットが前に進み出てくる直前に言われる。そのため、マーガレットの「それも報いだ……」の台詞はFのみ。
※2　自分の息子エドワード四世のこと。王妃エリザベスの息子も、ヘンリー六世王妃マーガレットの息子も、エドワード・プランタジネットである。
※3　「詩篇」四四・二三〜二六参照。

悲嘆の見世物、この世の恥、墓に入るはずがまだおめおめと
※4つらく長い日々の記録をこの一身に刻んでいる。
〔坐《すわ》って〕この休まらぬ身をイングランドの大地に休めよう。
不当にも無垢《むく》の血を呑み干した母国の土に。

王妃　ああ、憂鬱な王座をくれるくらいなら、
母国の土よ、墓場をください。
そこにわが骨を埋《うず》めよう。ここで骨を休めるのではなく。
〔坐って〕ああ、私たち※5ほど嘆きの種を持つ者があろうか。

マーガレット　〔進み出て〕もしも年老いた悲しみが敬われるなら、
年長者である私に敬意を払うがよい。
そしてこの泣き顔を上座においておくれ、
悲しみにもつきあいというものがあるなら、
※6もう一度おまえたちの悲しみを私の悲しみとつき合わせるがいい。
※7私にはエドワードがいたが、リチャードに殺された。
私には夫がいたが、リチャードに殺された。
おまえにもエドワードがいたが、リチャードに殺された。
おまえにはリチャード※8がいて、リチャードに殺された。

公爵夫人　私にもリチャード※9がいたが、おまえが殺した。
私にはラットランド※10もいたが、おまえの指図で殺された。

※4　この行、Fのみ。
※5　Qでは「私」。
※6　この行、Qのみ。本来Fにも入るべき一行が落ちてしまったと考えられる。
※7　歌うようなリズムのある台詞。最初のエドワードとはマーガレットの息子（皇太子）で、二番目のエドワードとは王妃エリザベスの息子（皇太子）であるが、そうした説明は原文には一切ない。
※8　皇太子の弟ヨーク公リチャード。第二幕第四場に登場した。
※9　公爵夫人の夫ヨーク公。エドワード四世、クラレンス、リチャード三世の父。
※10　ラットランドは実はヨーク公の第二子だがシェイクスピアの劇世界ではリチャードの弟。27、43頁参照。

マーガレット　おまえにはクラレンスもいたね。
それもリチャードに殺された。
おまえの子宮は犬小屋だ。そこから這《は》い出したのは、
皆を死の淵《ふち》へ狩り立てる地獄の猟犬。
目より先に歯を生やし、子羊の喉《のど》に嚙みつき、
その尊い生き血をすする犬畜生、
神の創り給いし人間を破壊する忌まわしき者、
※1涙する人々の痛んだ目の上に君臨する、
並ぶものなき偉大なるあの暴君を、
おまえの子宮は解き放ち、我らを墓場へ狩り立てる。
ああ、正しき公平な裁きをなさる神よ！
何と言ってお礼を申し上げたらよいか、あの人食い犬に、
母親の体から生まれた子供を食らわせ、
母親も同じ嘆きの席につかせたのだから。
公爵夫人　おお、ヘンリーの奥方よ、わが嘆きを見て勝ち誇るな。
私がおまえのために泣いたことは神もご存じだ。
マーガレット　こらえておくれ。復讐《ふくしゅう》に飢えていた私が
ようやく今復讐を目の当《ま》たりにして喜ぶのだ。
私のエドワードを殺したおまえのエドワード※2は死んだ。

※1　Qではここより二行なし。

※2　エドワード四世。

私のエドワードの償いに、もう一人のエドワードも死んだ。[※3]
幼いヨークはおまけだ。兄弟二人合わせたところで、
私がなくした子の完璧さには及びもつかぬからな。
私のエドワードを刺したおまえのクラレンスも死んだ。
そして、この狂った芝居を見物していた
不倫[※4]のヘイスティングズと、リヴァーズ、ヴォーン、グレイは、
思わぬ時に絞め殺され、今は暗い墓の中。
リチャードだけが生きている。地獄のあくどい回し者、
人の魂を買って地獄へ送る悪魔の仕事をするために。
だがもうすぐ、もうすぐ、あいつの哀れな、
だが誰にも憐《あわ》れまれない死がやって来る。
大地が口を開き、地獄が燃え、悪魔が叫び、聖者が祈る、
直ちに連れ去ってくれ、あいつをここから地獄へと。
どうか神様、あいつの命の証文を取り消してください、
私が生きているあいだに「犬めが死んだ！」と言えますように。

王妃　ああ、おまえは確かに予言した。
あの毒で膨《ふく》れた蜘蛛、あの穢《けが》れたせむしの蟇蛙《ひきがえる》を
一緒に呪ってくれと、おまえに頼む時が来るだろうと。

マーガレット　あの時おまえを呼んだよ、わが王座の徒花[※5]と。

※3　王妃エリザベスの息子、皇太子エドワード。

※4　人妻ジェイン・ショアと不倫していたことを指す。シェイクスピア作品では、不倫は大抵罰せられる。

※5　47頁参照。

あの時おまえを呼んだよ、哀れな影法師、絵に描いた妃と。
かつての私の姿の写し絵、
恐ろしい見世物の楽しげな前口上、
おまえはどん底に落ちるために高く上っただけだ。
かわいい二人の赤子を授かったのが却《かえ》って不幸。
かつてのおまえは夢と消える。派手に旗を掲げたのも、
ただ皆から狙い撃ちされるだけのため。
威厳があるのも見かけだけ。おまえは吐息だ、泡だ。
茶番の妃《きさき》だ、ただ舞台をにぎわすだけの。
おまえの夫は今どこにいる？　兄弟は？
二人の息子※1は？　おまえの喜びは？
誰がおまえに哀願し、跪《ひざまず》き※2「お妃様万歳」と言ってくれる？
どこにいる、おまえにぺこぺこしておべっかを言った貴族たちは？
どこにいる、おまえのあとに付き従った大勢の家来は？
それやこれやを一つずつ数え上げ、今の自分を見るがいい。
もはやかわいい妻でなく、誰よりみじめな未亡人。
もはや嬉しい母でなく、母である身を嘆く者。
もはや訴えを聞くのでなく、腰をかがめて訴えるほうだ。
もはや妃でなくなって、茨《いばら》の冠に苦しむ身。

※1　Qでは「子供たち」。
※2　Qでは、「跪き」がなく、「言ってくれる」の代わりに「叫ぶ」。

もはや私を馬鹿にせず、私がおまえを馬鹿にする。
※3もはや皆に畏《おそ》れられず、今や一人を恐れる身。
もはや命じることもなく、誰もおまえに従わない。
こうして、正義はぐるりと巡り、
とりこぼされたおまえは、時の餌食となったのだ。
昔のおまえを思い出せば、
今のおまえはなおさらつらかろう。
わが立場を奪ったからには、わが悲しみも
そっくり盗《と》らずにすむと思うか。
今やその高慢な首に、わが重い軛《くびき》が半分かかった。
こっちは、疲れた首をそこからはずして、
その重みのすべてをおまえに委《ゆだ》ねよう。
さらば、ヨークの奥方、そして悲しい運命の妃よ。
イングランドの不幸を、ほくそえんでやるよ、フランスで。

王妃　ああ、呪いの名人よ、待っておくれ。
敵をどう呪ったらよいか教えておくれ。

マーガレット　夜は眠らず、昼は断食し、
もはや返らぬ幸せを、今の不幸とひき比べ、
死んだ子供が実際よりかわいかったと思い、

※3　Qではこの一行なし。この前後の台詞の順番はQとFで異なっている。
なお「一人」とはリチャードのこと。

それを殺した者は実際より忌まわしいと思え。
失ったものをよりよく思えば、奪ったやつがより憎い。
以上を肝に銘じれば、呪い方が覚えられよう。

王妃　私の言葉はなまぬるい。おまえの言葉で鍛えておくれ。

マーガレット　不幸が研ぎ澄ましてくれるよ、私のように鋭く。

マーガレット退場。

公爵夫人　なぜ禍《わざわい》には言葉が詰まっているのだろう。

王妃　言葉とは、依頼者の嘆きを代弁する口先だけの弁護人、
心に感じた喜びの空しい相続人、
みじめさを哀れな息で語る弁士。
そんな言葉に語らせましょう。言葉が何を伝えようと
何の助けにもならないが、心の慰めにはなります。

公爵夫人　ならば黙っていることはない。ついておいで。
おまえの二人のかわいい息子を絞め殺した私の呪わしい息子の
息の根を、激しい言葉の息で止めてやりましょう。
ラッパが鳴った。※1 さんざん叫び散らすのですよ。

リチャード王とそのお付きの者たち登場〔、太鼓とラッパを奏でながら行進〕。※2

※1　Qでは「あの子の太鼓が聞こえる」。
※2　括弧内のト書きはQより。

リチャード[※3]　出陣の邪魔をするのは誰だ。
公爵夫人　おまえが生まれてくるのを邪魔することもできた女だ。
この呪われた胎《はら》の中で絞め殺しておけば、
おまえが犯した虐殺はすべて防げたのに。
王妃　その額を金の冠で隠す気か。正義が正義であるならば、
そこには極悪人の烙印《らくいん》が捺《お》されているはず。
その王冠の持ち主であった王を虐殺した罪、そして
わが息子と兄弟を非道な死へ追いやった罪の烙印が。
言ってみろ、悪党め、子供たちはどこだ。
公爵夫人　この蟇蛙《ひきがえる》、この蟇蛙、おまえの兄クラレンスはどこだ。
その幼い息子のネッド[※4]・プランタジネットはどこだ。
王妃　優しいリヴァーズ、ヴォーン、グレイは？
公爵夫人[※5]　情に厚いヘイスティングズは？
リチャード　ラッパを鳴り響かせろ！　進軍太鼓を打て！
この嘘つき女どもが神聖なる王に浴びせる罵詈雑言《ばりぞうごん》を
天に聞かせてはならぬ。打てというに！

ラッパ吹奏、進軍太鼓。

おとなしくきちんと請願するならまだしも、

※3　Qでは「王」。

※4　ネッドはエドワードの愛称。

※5　Qではこの行がなく、直前で王妃が「優しいヘイスティングズ、リヴァーズ、ヴォーン、グレイは？」と言う。ヘイスティングズは王妃の敵であったので、Fのほうが自然である。

そんな叫び声はこうして
戦《いくさ》のやかましい騒音でかき消してやる。

公爵夫人　おまえはわが息子か。

リチャード　ええ、神様と父上と、あなたのおかげで。

公爵夫人　では我慢して、私の我慢ならぬ怒りをお聞き。

リチャード　母上、私も母上と似たところがあって、
非難される口調には耐えられないのです。

公爵夫人[※1]　ああ、言わせなさい。

リチャード　　　　　ではどうぞ。ただし、聞きませんよ。

公爵夫人　穏やかに優しく話すから。

リチャード　では手短に。母上、急いでいるので。

公爵夫人　そんなにお急ぎか。私はおまえを待っていたのだよ、[※2]
苦しみつつ、あえぎつつ。

リチャード　で、最後には生まれてきたでしょう、母上を慰めに。

公爵夫人　何を言う。おまえもよくわかっているはず。
おまえが生まれたせいでこの世は私の地獄となった。
おまえの誕生は私には悲しむべき重荷だった。
幼い時はきかん気で、きまぐれで、
学校に通う頃は自暴自棄で怒りっぽく、手のつけられない乱暴者。

※1　Qではここと次のリチャードの台詞なし。

※2　ケンブリッジ版では、ここで公爵夫人はリチャードを出産したときの産みの苦しみのことを言っているのだと注釈しているが、現在完了形であるため、「おまえがやってくるのを今までずっと待っていた」と解釈する。その母の言葉をリチャードがひねって、陣痛のことを言っているかのように応じているのであろう。

青年時代は、何をしでかすかわからない向こう見ず。
立派な年になればなったで、高慢、狡猾《こうかつ》、陰険、残忍。
丸く[3]はなったが、前より危ない。優しさの裏に邪心がある。
どんな満足のいく時を、私はおまえと一緒に
過ごすことができたと言うのか。

リチャード　満足の、行く時じゃなければ帰る時[4]、
母上が私から離れて行く時ですかね。
そんなに私が目障《めざわ》りなら、このまま
進軍させてください。母上も怒らずに済む。
[5]太鼓を打て！

公爵夫人　お願いだ。聞いておくれ。

リチャード　厳しいことを言うからなあ。

公爵夫人　一言聞いておくれ。
もう二度とおまえと口をきかぬから。

リチャード　それじゃあ。

公爵夫人　おまえは神の正しい裁きによって、
この戦争で勝者となる前に死ぬか、さもなくば
私が悲しみと老齢で死ぬから、
二度とおまえの顔を見ることはない。

※3　この行Fのみ。

※4　ここに明らかにジョークがあるのだが、その意味は不詳。直訳すれば、「(母上が私と一緒に過ごせた満足のいく時とは)、私と一緒にいらした母上を朝食に呼びに来て、私から引き離したHumfrey Hower（Qではhoure＝「時」）だけでしょうね」となる。当時の言い回し「ハンフリー公と食事する」は「ハングリーになる（絶食する）」の意味だという。

※5　Qには「太鼓を打て」から「それじゃあ」までがなく、その代わりに、公爵夫人の「ああ、聞いておくれ、もう二度とおまえに会わないから」、王の「おいおい、厳しいことを言う」が入る。

だから、私の最も重い呪いを持ってお行き。
この呪いは、びっしりとその身につけた甲冑《かっちゅう》よりも
合戦のさなか、おまえに重く苦しくのしかかる。
わが祈りはおまえの敵に味方して戦い、
エドワードの子供らの幼い魂も、
敵兵の一人一人の魂にささやきかけ、
成功と勝利を約束するだろう。
残虐に生きたおまえは、残虐な最期を迎えろ。
生き恥をさらしおって、死に恥もさらせ。※1

退場。

王妃　呪いたいことはまだまだあるが、呪う気力が私にはない。
母上のお言葉が叶いますようにと言うのみだ。
リチャード　待ってくれ、奥方。一言、お話がある。
王妃　私には王の血をひく息子はもういないから、
おまえには殺せない。娘たちは、
祈りを捧げる尼にして、涙を流す王妃にはしないから、
命を狙わないでおくれ。
リチャード　エリザベスという娘さんがおありだな。
徳高く、美しく、王家の血を継ぎ、品がある。

※1　最後の二行はendとattendで韻を踏む二行連句。この劇の中で公爵夫人の最後の台詞の締めである。

王妃　だからあの子も死ねと言うの？　ああ、殺さないで！
あの子の気品を崩し、美しさを穢《けが》し、
エドワードの褥《しとね》に不義があったと私自身を卑《いや》しめ、
あの子に汚名のベールをかぶせましょう。
あの子が血みどろの人殺しの手にかからずに生きていけるなら、
告白するわ、あれはエドワードの子ではないと※2。
リチャード　あの子の生まれを貶《おとし》めてはならぬ。王女様だ。
王妃　命を救うためなら、王女でないと言います。
リチャード　王女の生まれであればこそ安全なのだ。
王妃　その安全ゆえにあの子の弟たちは死んだ。
リチャード　よいか、王子たちの星回りが悪かったのだ。
王妃　いいえ、王子たちの供回りが悪かった。
リチャード　人は皆、運命の手を逃れることはできぬ。
王妃　ええ、神の恩寵《おんちょう》と手を切った者が運命を定める時は。
あの子たちはもっとましな死に方をするはずだった、
神がおまえにもっとましな生き方をさせていれば。
※3リチャード　まるで私が甥《おい》たちを殺したかのようにおっしゃる。
王妃　甥たち！　そう、おまえはその甥たちを追い立てて、
王族としての生い立ち※4も、安らぎも、自由も、命も、騙《だま》し取った。

※2　この台詞は二行連句（slaughter と daughter）で終わっているため、エリザベスの心理としては、ここで言うべきことはすべて言い尽くし、退場しようとしていると考えられる。

※3　この一行と次の王妃の台詞十三行はFのみ。

※4　原文では「甥」(cousin) と「騙す」(cozen) という同じ発音の言葉遊びがある。

下手人が誰であろうと、あの子たちのいたいけな心臓を
貫くようにと裏で糸を引いたのはおまえの頭。
殺しの短剣はなまくらだったはず、
それが、おまえの石のような心臓で研ぎ澄まされ、
ついに私の子羊たちのはらわたを引き裂いたのだ。
悲しみに慣れると、激しい悲しみもおとなしくなる。
でなければ、おまえの耳にあの子たちの話を聞かせる前に、
この爪がおまえの目に錨《いかり》のように突き刺さり、
絶望の死の港に追い込まれた私は、
帆も綱も引き裂かれた哀れな小舟のように
おまえの岩のような胸めがけて砕け散っていただろうに。

リチャード　この[※1]血塗られた戦争に生死を賭《か》け、なんとしても
勝利を得ようという私だ。その固い決意を持って
あなたがたのために善を施すことを約束しよう。
あなたとその身内に害をなした償いに。

王妃　一体どんな善を施そうというのだ。
天使の仮面をつけて？

リチャード　あなたのお子たちを引き上げてさしあげよう。

王妃　断頭台の上にか、首を斬るために。

※1　原文はso … as～構文であり、戦争に勝ってみせる決意が固いのと同じように、固い決意を持ってあなたがたに善を施そうという意味。

リチャード　威厳ある運命の高みへだ。
この世の栄光を象徴する最高の地位へだ。※2
王妃　そんなことを言っても、私の悲しみはほだされない。
一体どんな地位、どんな威厳、どんな名誉が、
わが子に与えられると言うのだ。
リチャード　この手にあるもの一切合財――そう、
私自身も含めて、あなたのお子に進上しよう。
もし、私があなたにしたとお思いになっている悪行の数々を、
その怒りの心を流れる忘却の河に、※3
悲しみの記憶として沈めてくださるなら。
王妃　手短にお言い。親切の話のほうが長すぎて、
親切そのものはすぐ終わるのではないか。
リチャード　では言おう。私は心からあなたの娘を愛している。
王妃　娘の母はそう思っていた、心からと。
リチャード　何を思っていた?
王妃　おまえが娘を愛するという心はからだと。
おまえは、からの心で王子たちも愛してくれた。
だから私も、からの心でお礼を言おう。
リチャード　そのように意味を曲げるな。

※2　Fでは Type（象徴）、Qでは tipe（頂点）。

※3　ギリシア・ローマ神話において、冥界を流れる河レーテー。この水を飲んだ者は、過去を忘れる。

心を込めて娘さんを愛すると言っているのだ。
そしてイングランドの王妃にして差し上げる。

王妃　それで、誰が王となる？

リチャード　あの子を王妃にする男だ。ほかに誰がいる？

王妃　まさか、おまえが？

リチャード　そうだ。どう思う？

王妃　どうやって口説けると思っている？

リチャード　それを教えていただきたい。
娘のことは一番よくご存じであろうから。

王妃　私から教わりたいと？

リチャード　是非とも！

王妃　あの子の弟たちを殺した男に贈り物を持たせなさい。
血の滴る心臓を二つ。「エドワード」、「ヨーク」と彫りつけて。そしたらたぶんあの子は泣くでしょう。だから、また贈り物をしなさい。ハンカチーフを——かつてマーガレットが、ラットランド[※1]の血に浸しておまえの父親に差し出したように。そしてあの子に言うのです。これは、かわいい弟たちのご遺体から流れ出た紅《くれない》の血を吸いましたと。そして、泣きはらした目をそれで拭《ふ》けと命じるのです。

※1　ラットランドについては、27、43、165頁参照。Qでは「そしてあの子に言うのです。これは、素敵なご兄弟のご遺体から流れ出た紅の血を吸いましたと」の部分が抜け、ラットランドの血に浸したハンカチを差し出せという意味になっている。

それでもあの子が愛する気にならなければ、
おまえの気高い行いを記した手紙を送りなさい。
私はクラレンス叔父さんを殺し、
リヴァーズ叔父さんを殺しました——そう、あの子のために
優しいアン叔母さんまで手早く片付けましたと。

リチャード　からかうな。そんなやり方で
娘御を勝ち得ることなどできぬ！

王妃　　ほかにやり方はない。
おまえが別人の姿になって、
今言ったことをすべてやったリチャードでなくならない限り！

※2**リチャード**　あの子への愛ゆえにすべてやったのだと言ったら？

王妃　そしたら、なおさらおまえを憎まずにはいられない。
血まみれの殺人で愛を勝ち得るなんて。

リチャード　よいか。してしまったことは今更どうしようもない。
人は時に愚かなことをするものだ。
そしてあとになってぐずぐず後悔することになる。
私があなたの息子から王国を盗《と》ったというなら、
その埋め合わせに、娘御に王国を差し上げよう。
あなたの胎《はら》を痛めた子供を私が殺したというなら、

※2　ここから182頁8行目「幼いあの子の耳に快く響かせることができよう？」までの台詞五十五行すべてFのみ。

それを生き返らせるべく、
あなたの血を引く私の子供を娘御に産ませよう。
おばあさまという呼び名は、お母様という呼び名と、
同じように深い情愛を受けるものだ。
世代が一つ下がるだけで、あなたの気質を受け継ぎ、
あなたの血をひく子供であることは変わらぬ。
産みの苦しみは一度きり、ただ娘御を産んだ時の
うめきの一夜を今度は娘御に耐えてもらうだけ。
あなたの子供たちは、若いあなたには悩みの種だった、
だが私の子供は、老いたあなたには慰めとなろう。
あなたの失ったのは、息子が王になれなかったこと。
それを失った代わりに、娘が王妃になるのだ。
どんなに償いたくとも今さらどうにもならぬとすれば、
この精一杯の気持ちをお受けいただきたい。
ご子息のドーセットは、恐れを胸に
異国の地に不満の足を下ろされたが、※1
この美しい縁組により即座にご帰国いただき、
高い地位に昇って大いなる威厳を手にしていただこう。
あなたの美しい娘を妻と呼ぶ王は、家族として

※1　ドーセットは、一四八三年のバッキンガム公の叛乱に参加した後、大陸に亡命した。

あなたのドーセットを兄上[※2]と呼びましょう。
あなたは再[※3]び国王の母親となり、
つらかった時代のあらゆる傷は、
それに倍する満足という豊かさで癒《いや》される。
どうです！　これから、まだまだ幸せになれますよ。
あなたが流した涙は、一滴一滴、
きらめく真珠となって戻ってきます。
涙を流した愛情という元金に、十倍、二十倍の
幸福という利子がついて返ってくるのです。
だから、さあ、母上、娘御のところへ行ってください。
恥じらう年頃のあの子をあなたの経験で大胆にさせ、
あの子の耳に求愛の言葉を受け入れるようにさせ、
あの子の優しい心に、黄金の王座に憧れる
炎を点《とも》してください。
結婚生活の甘く静かな悦《よろこ》びを
王女に教えてください。そしてこの腕で
つまらぬ謀叛《むほん》人、頭の鈍いバッキンガムを懲らしめたら、
私は凱旋《がいせん》の花輪に飾られて帰還し、
娘御を征服者の新床《にいどこ》へ誘《いざな》おう。そして、

※2　娘エリザベス（一四六五～一五〇三）は、ドーセット（一四五一～一五〇一）の妹であるため、エリザベスの夫となればドーセットは義兄。

※3　ほんのわずかの間、エリザベスは国王の母親であった。ロンドン塔で殺されることになる皇太子エドワードは、一四八三年四月九日の父王崩御直後に国王エドワード五世と宣され、同年六月二十六日にグロスター公リチャードが王となるまで王位に就いた。ただし、この劇ではこの短い在位のことは具体的に言及されず、グロスターが摂政という点のみが強調されている。

わが勝利を寝物語に聞かせれば、征服者を征服するあの子こそ
唯一の勝利者、シーザーのシーザーとなるのだ。

王妃　何と言ってやればいい？　おまえが嫁ぐのは、
父の弟だと？　それとも、叔父さんだと？
あるいは、おまえの弟たちや叔父さんたちを殺した男だと？
おまえを一体、何と呼べば、
神や法にそむかず、名誉や愛も傷つかず、
幼いあの子の耳に快く響かせることができよう？

リチャード[※1]　この縁談でイングランドが平和になると言ってくれ。

王妃　そのためにあの子は永遠に戦い続けなければならない。

リチャード　命令すべき王が頭を下げて頼んでいると言ってくれ。

王妃　王の王たる神がそれを禁じたまう。

リチャード　最高の権力を持つ王妃にすると言ってくれ。

王妃　母と同様、その称号を捨てるために。

リチャード　いついつまでも愛すると言ってくれ。

王妃　その「いつ」というのはいつ？

リチャード　あの子の清らな命の続く限り。

王妃　あの子の命はいつまで清らでいられる？

リチャード　神が許した天寿が全うされるまで。

※1　ここより、古代ギリシア劇の二人の登場人物が一行ずつ交互に対話していく隔行対話（stichomythia）と呼ばれる形式が続く。

王妃　リチャードが許した地獄の処刑が執行されるまで。
リチャード　私は王として、あの子がいとおしい、そう言ってくれ。
王妃　あの子は臣下として、その王が厭《いと》わしい。
リチャード　私のためにあの子に雄弁に語ってほしい。
王妃　正直な話は素朴に語るのが一番。
リチャード　では素朴にわが恋を語ってほしい。
王妃　素朴に不正直を語るのは絶対無理。
リチャード　考えが浅い、浅はかだ。
王妃　いや、私の考えは深い。深い墓だ。
深い墓に横たわるのは、かわいそうな私の子たち。
リチャード　また繰り返す。過ぎたことだ。
王妃※2　繰り返しましょう、命の糸の切れるまで。
リチャード　よいか、聖ジョージとガーター勲章※3と王冠にかけて、
王妃　冒瀆《ぼうとく》され、穢《けが》され、簒奪《さんだつ》された——
リチャード　誓う——※4
王妃　ことはできない。誓いにはならぬから。
冒瀆された聖ジョージ像に聖なる名誉はない。
穢されたガーター勲章は、騎士の美徳を失った。
簒奪された王冠は、王の栄誉を辱《はずかし》めた。

※2　Fではこの台詞の位置が誤って一行前に置かれている。
※3　聖ジョージはイングランドの守護聖人であり、ガーター勲章はイングランド最高の爵位を示す勲章。
※4　リチャードの言葉に王妃が続ける。Qには王妃の「ことはできない」をリチャードも言うというテクストの乱れがある。

もし誓いを立てて信じてもらいたいなら、
おまえがまだ穢していないものにかけて誓え。

リチャード　では、この身にかけて[※1]——

王妃　おまえ自身が穢している。

リチャード　では、この世にかけて——

王妃　おまえの穢れた罪に満ちている。

リチャード　わが父上の死に——

王妃　おまえの生き方が卑しめている。

リチャード　では、神かけて——

王妃　神こそ最も穢されている。
おまえが神との誓いを畏《おそ》れて破りさえしなければ、
わが夫である王が確約させた和解も破られることはなく、
私の兄弟も死にはしなかった。
おまえが神かけた誓いを畏れて破りさえしなければ、
今その頭《こうべ》を飾る王冠は、
わが息子の優しい頭に気品を与え、
王子二人ともここに生きていたはずだ。
それが今、土の中で優しく寄り添って眠る。
おまえが誓いを破ったせいで蛆虫《うじむし》の餌にされたのだ。

※1　Qでは「この世」「わが父上の死」の次に「この身」が来る。

※2さあ、これ以上何にかけて誓えると言うのだ。

リチャード　来《きた》るべき時に！

王妃　過ぎ去りし時の中ですでに穢れている。
過去をおまえに穢されて、
私自身、来るべき時を多くの涙で洗わねばならぬ、
おまえに※3父を殺された子供らは、いくつになっても※4嘆くだろう。
躾《しつけ》てもらうこともできなかったと。
おまえに子供を葬られた親たちは、いくつになっても嘆くだろう。
枯れた老木、もう実は結ばぬと。
来るべき時にかけて誓うな。まだ手つかずの未来さえ
もう穢《けが》されている、過去を汚《よご》したおまえの手で！※5

リチャード　必ず成功して、悔い改めようというのだ。
今度の危ない戦《いくさ》に必ず勝ってみせるように。
でなければ、我とわが身を破滅させる！
※6神よ、運命よ、幸せな時を奪え！
昼は光を消せ、夜の安らぎも消えろ！
幸運の星という星は皆、わが行く手を
阻《はば》むがいい、もし、この心からの愛を、
穢れのない献身を、神聖なる思いを、

※2　この王妃の最後の一行はFのみ。

※3　Qでは「親」。

※4　Qでは「年をとって」(in their age)。Fのwith their ageは、「年とともに」の意。

※5　この王妃の最後の六行はかなり形式的であり、特に最後の二行は二行連句で結ばれ、終結感がある。つまり、この台詞は王妃がリチャードに叩きつける最終決定打となっている。リチャードがそれを上回る言葉を衝き返すところで、この長い言葉の応酬に決着がつく。

※6　この行Fのみ。

あなたの美しい王女に捧げられぬくらいなら！
わが幸せもあなたの幸せも、あの子にある。
あの子がいなければ、この身も、あなたも、
あの子も、この国も、多くのキリスト教徒も皆
死ぬのだ、抹殺だ、破滅だ、崩壊だ。
避けられないのだ、こうするよりほかは。
避けるには、こうするよりほかないのだ。
だから、母上——あなたをそう呼ばねばならぬ——
私のためにあの子を口説いていただきたい。
これまでの私でなく、これからの私を、
私の過去でなく、未来の功績を訴え、
政局の緊急事態を説くのだ。
国家の大事だというのに、つまらぬ目くじらを立てられるな。

王妃　こうして私は悪魔から誘惑を受ける[※1]のか。

リチャード　そう、悪魔がよいことをしろと誘《さそ》うなら。

王妃　昔の自分を忘れて、新たな自分になるのか。

リチャード　ああ、自分の記憶が自分を歪《ゆが》めるなら。

王妃　だけど、おまえは私の子供を殺した。

リチャード　娘御の胎《はら》に埋めてやったのだ。

※1　この表現は、聖書の「マタイ伝」四・一、「ルカ伝」四・二にある表現（be tempted of the devil）に基づく。どちらもイエスが「悪魔から誘惑を受ける」話である。王妃は明らかに、自分がイエスのように悪魔に試されていることを自覚している。

その不死鳥の巣で、子供たちは
再び蘇《よみがえ》り、あなたの慰めとなろう。
王妃　娘におまえのものとなるように言ってこようか。
リチャード　そうして幸せな母になりなさい。
王妃　行ってこよう。あとで手紙をよこしなさい。
※2 娘の気持ちは私から知らせる。
リチャード　この心からの愛のキスをあの人に。〔キスをする〕
では、ご機嫌よう。
エリザベス退場。
※3 軟弱な愚か者、浅はかな、気の変わりやすい女だ！
ラトクリフ〔とケイツビー〕登場。
※4 どうした、何の知らせだ。
ラトクリフ　畏れながら陛下、西海岸沖合いに
強大な敵艦隊が現れました。ところがそれを岸で迎え撃つ
わが軍たるや、頼りにならぬ腑《ふぬ》抜け者ばかり、
武器もとらず、敵を撃退する気力もありません。
敵の大将はリッチモンドと言われています。
艦隊は沖合いに留まり、バッキンガムの援軍が

※2　この行、Fのみ。
※3　リチャードは説得に成功した気でいるが、第四幕第五場で王妃エリザベスは王女エリザベスをリッチモンド伯へ嫁がせることにしたと伝えられる。ここで王妃がリチャードから逃れるために心にもないことを言っていることをはっきりさせる演出もあったという。
アンを口説き落としたときと同様のリチャードの高揚した台詞が繰り返されるが、「年増」と言われる王妃は、若いアンのようにはいかないのかもしれない。
※4　この行、Fのみ。

上陸援護に駆けつけるのを待っている模様です。

リチャード　足の速い者をノーフォーク公爵のところに走らせろ。
ラトクリフ、おまえでもケイツビーでもいい——やつはどこだ。

ケイツビー　ここです、陛下。

リチャード　　　　ケイツビー、公爵のもとへ走れ。

※1**ケイツビー**　はい、陛下、できる限り急ぎます。

リチャード　ラトクリフ、ここへ来い。※2大至急、ソールズベリーへ
走れ。
向こうへ着いたら——〔ケイツビーに〕ぼけっとするな、
馬鹿野郎！　何をぐずぐずしている。公爵のもとへ行かぬか。

ケイツビー　まず、陛下、御用向きを伺いませんことには。
何とお伝えすればよろしいのでしょう。

リチャード　ああ、そうだな、賢いぞ、ケイツビー！　すぐに
できる限りの強大な兵力を集め、
※3直ちにソールズベリーへ行き、俺と合流しろと言え。

ケイツビー　行ってまいります。　退場。

ラトクリフ　私はソールズベリーで何をしたらよいでしょう。

リチャード　え、おまえが俺より先に行ってどうする？

※1　この行Fのみ。

※2　Fで「ケイツビー、ここへ来い」となっているのは明らかな誤り。ニコラス・ロウの校訂に従って「ケイツビー」を「ラトクリフ」に読み替えた。Qにはこの箇所はない。

※3　この行、Fのみ。

ラトクリフ　陛下は今、急いで行けとおっしゃいました。
リチャード　気が変わった。※4

　　ダービー伯スタンリー登場。

リチャード　スタンリー、何の知らせだ。
スタンリー　お耳に入れて喜んでいただける吉報ではありませんが、
口はばかるほど悪い知らせでもありません。
リチャード　なんだ、なぞなぞか！　良くも悪くもない――
なんでそんなに遠まわしに言う。
単刀直入に話したらよかろう。
言い直せ、何の知らせだ。
スタンリー　リッチモンドが海に現れました。
リチャード　沈めてしまえ、海底に――
臆病な裏切り者め！　なんだって海にいる？
スタンリー　わかりません、陛下、ただ推測では――
リチャード　推測では？※5
スタンリー　ドーセット、バッキンガム、モートン※6に唆《そそのか》され、
イングランドに王冠を要求しに来たと思われます。
リチャード　王座は空席か？　王の剣《つるぎ》は眠っているか？

※4　Qでは「気が変わった、気が変わったのだ」。

※5　Qでは「推測では？　推測ではどうだというのだ？」。

※6　イーリー司教ジョン・モートン。

王は死んだか？　この国に主《あるじ》がいないか？
ヨークの跡継ぎはこの身以外に誰が生きている？
そして偉大なヨークの跡継ぎ以外に誰がイングランドの王だ？
もう一度言ってみろ、あいつは何しに海に出てきた？
スタンリー　今申し上げたことでなければ、見当がつきません。
リチャード　おまえの主君になりに来るのでなければ、
あのウェールズ野郎[※1]がなぜ来るのかわからぬというのだな。
どうせ裏切って、あいつのもとへ逃げたいのだろう。
スタンリー　いいえ、陛下。お疑いになりませぬよう。
リチャード　では、やつを撃退するおまえの軍隊はどこだ？
おまえの兵士は？　部下は？
今ごろは、西海岸沖合いで、
叛乱軍を船から無事に上陸させているのではあるまいな。
スタンリー　いいえ、陛下。味方は北におります。
リチャード　冷たい味方だな。北で何をしておる？
西で王に仕えるべき時に。
スタンリー　まだ命令を受けておりませんでした、陛下。
お許しをいただければ、味方をかき集め
陛下のお望みの時ところにて、

※1　リッチモンドは、ウェールズ人オーウェン・テューダーの孫。

陛下のもとに馳《は》せ参じます。

リチャード　そう、※2おまえは行きたいのだろう、
リッチモンドのもとへ。だが、おまえなど信用せんぞ。

スタンリー　陛下。
私が味方であることをお疑いになる理由はございません。
私はこれまでも、またこれからも裏切ることはありません。

リチャード　では行け、兵士をかき集めろ――だが、
おまえの息子ジョージ・スタンリーを置いていけ。
おまえの心がぐらつけば、息子の首がぐらつくぞ。

スタンリー　※3私の忠節に見合うよう、息子を扱ってください。

スタンリー退場。

使者登場。

使者1　申し上げます。味方の情報によれば――
只今《ただいま》デヴォンシャーにて、
サー・エドワード・コートニーとその兄である
高慢なエクセターの司教が、多くの同志を集め、
叛旗《はんき》を翻したとのことです。

※2　Qでは「そう、そう」。

※3　「息子を殺さないでくれ、忠誠を守るから」というのが真意。原文So deale with him, as I proue true to you.はso … as～構文（～のようにそのように…）。ところが、文頭のSoが前文を受けると解して「お心任せに、手前は必ず忠誠を尽しますから」と坪内逍遙が誤訳して以来、これまでの翻訳者は皆その誤訳を踏襲して「お心のままに。私の忠誠心は変わりません」などとしてきた。

使者2登場。

使者2 申し上げます。ケントでギルフォード一族が挙兵し、
刻々とその仲間が叛乱軍に加わり、
兵力は増大する一方とのことです。

別の使者登場。

使者3 申し上げます、バッキンガム公の軍隊が――※1

リチャード くたばれ、梟《ふくろう》ども！※2 死の歌しか歌わぬのか。

使者を殴る。

これでもくらえ、もっとましな知らせを持って来い。

使者3 お伝えしようとした知らせは、
バッキンガムの軍隊が
突然の洪水と豪雨に見舞われて散り散りに分散し、
公爵本人も一人、部隊を離れ、
行方不明になったとのことです。

リチャード 悪かった。※3
この財布をやろう。痛み止めだ。

※1 刻々と変化する戦況は、リッチモンドがイングランド上陸を試みた一四八三年十月から、ボズワースの戦い直前の一四八五年八月までを凝縮したもの。
※2 梟の鳴き声は、古くから不吉とされた。

※3 リチャードの最初の二行は、Qでは「おお、悪かった、間違えた。ラトクリフ、俺が殴った埋め合わせの金をこいつにやってくれ」。

誰か気のきいたやつが、あの謀叛人を捕らえた者に
報奨金を出すと布告しただろうな。

使者3　そのような布告が出されております。

別の使者登場。

使者4　サー・トマス・ラヴェル※4とドーセット侯爵が、
ヨークシャーで叛旗を翻したとのことですが、
吉報もお伝え申し上げます。
ブルターニュの艦隊は嵐により※5散り散りになりました。
リッチモンドは、ドーセットシャーの沖合いから
岸へ小舟を出し、岸辺にいる者が
味方か否かを尋ねさせたのですが、
バッキンガムより遣わされた味方だとの返答を
リッチモンドは信頼せず、帆を上げて、
ブルターニュに退却中とのことです。

リチャード　進軍だ、進軍だ、戦闘準備はできている。
外国の敵が逃げたなら、
国内の謀叛人どもを叩きのめしてやる。

※4　サー・トマス・ラヴェルは、これまでリチャードの腹心として仕えてきたサー・フランシス・ラヴェル（一四五四～八七？）とは別人。

※5　Qでは「嵐により」などの表現がない。また「岸辺にいる者が」までのFの三行が、短く二行にまとめられている。

ケイツビー登場。

ケイツビー　陛下、バッキンガム公爵を捕らえました。最上の吉報と存じます。それと、リッチモンド伯爵が、強大な軍隊とともにミルフォード[※1]に上陸したことも嫌な知らせですが、お伝えせねばなりません。

リチャード　ソールズベリーへ向けて進め！ここで議論をしているうちに、王権争いの勝敗がつきかねん。誰か、バッキンガムをソールズベリーへ連行するよう命令を出せ。それ以外の者は皆、進軍だ、ついてこい。

進軍ラッパ。退場。

第四幕　〔第五場[※2]〕

ダービー伯スタンリーとサー・クリストファー〔・アースウィック[※3]〕登場。

ダービー　クリストファー神父、リッチモンドに

※1　ウェールズにある港町ミルフォード・ヘイヴンのこと。

※2　Fでは、ここが第四場となっている。

※3　リッチモンド伯爵の母親マーガレット・ボーフォート付きの神父。

こう伝えてくれ。おぞましい猪《いのしし》の小屋に
息子のジョージ・スタンリーが捕らえられている。
私が叛旗を翻せば、幼いジョージの首が飛ぶ。
そのため今は援軍を出すことができない、と。
では、行ってくれ。ご主君によろしく。
※4それから、もう一つ、これも伝えてくれ、お妃《きさき》様は喜んで
リッチモンドと娘御エリザベスのご婚儀をご承諾されたと。
ところで、そのリッチモンドは今どこだね？

クリストファー　ウェールズのペンブルックか、ハーフォードウェスト※5です。

ダービー　駆けつけてくれた名だたる人たちには誰がいる？

クリストファー　名高い武人サー・ウォルター・ハーバート※6、
サー・ギルバート・トールボット※7、サー・ウィリアム・
スタンリー※8、オックスフォード伯※9、泣く子も黙るペンブルック※10、
サー・ジェイムズ・ブラント※11、勇猛な仲間を率いた
ライス・アプ・トマス※12、そのほか多くの偉大なお歴々です。
途中で攻撃を受けることがなければ、
ロンドンまで一気呵成《かせい》に攻めのぼるとのことです。

ダービー　では、急ぎご主君のもとへ。くれぐれもよろしくと。

※4　Qではこの二行は、スタンリー退場の台詞「この手紙で私の考えはおわかりになるはずだ」の直前に入る。
※5　ペンブルックもハーフォードウェスト（ハヴァーフォードウェストとも）も、ウェールズの町。
※6　ペンブルック伯ウィリアム・ハーバートの次男で、バッキンガム公爵の娘婿。
※7　第四代シュルーズベリー伯ジョージ・トールボットの叔父。
※8　ダービー伯スタンリーの弟。
※9　第十三代伯爵ジョン・ド・ヴィア（一四四三〜一五一三）。ヘンリー七世時代の宮内大臣。
※10　オーウェン・テューダーの次男ジャスパー・テューダー（一

この手紙で私の考えはおわかりになるはずだ。
さようなら。

一同退場。

四三一～九五）。リッチモンドの叔父。
※11　タウトンの戦いでエドワード四世のために戦った初代マウントジョイ男爵サー・ウォルター・ブラント（一四一六？～七四）の三男（？～一四九三）。また、『ヘンリー四世』第一部の登場人物で、父親と同名のサー・ウォルター・ブラント（？～一四〇三）の曾孫。戦争終結後はケイツビーの荘園を得た。
※12　ウェールズ人の指揮官。

第五幕　第一場[※1]

〔司法長官が〕矛持ちとともに登場。バッキンガムを処刑台に連行する。

バッキンガム　リチャード王は、会ってはくださらぬのか。

長官　ええ、閣下。ですから、ご辛抱ください。

バッキンガム　ヘイスティングズよ、エドワードのお子たちよ、
グレイ、リヴァーズ、聖なるヘンリー王、
その麗しき王子エドワード、ヴォーン、そしてそのほか
腐敗した不正の手に抹殺された者たちよ――
その怒りと不満に満ちた魂たちが
今この瞬間、雲間から眺めているなら、
さあ復讐《ふくしゅう》しろ、この身の破滅を嘲《あざけ》るがいい！
君、今日は確か万霊節[※2]だったな？

長官　はい。

バッキンガム　では、死せる魂に祈りを捧げるこの万霊節の日こそ、

※1　194頁のリチャードの台詞にあるとおり、バッキンガムはソールズベリーで処刑されるので、この場はソールズベリーということになるが、場所を示すト書きはFにもQにもない。これまでの翻訳が場所を記しているのは、いずれもケンブリッジ版（一九五四年）編者ジョン・ドーヴァー・ウィルソンの加筆に従ったもの。

※2　十一月二日、煉獄にある魂のために祈りを捧げるカトリックの祭日（All Souls' Day）。史実ではバッキンガム処刑は一四八三年十一月二日。ボズワースの戦い（一四八五年八月二十二日）の約二年前。
　バッキンガム、享年二十九歳。

この肉体の破滅する日ということか。まさにこの日だ、
王子たちや妃の身内を裏切るようなことがあれば、
この身に破滅が降りかかれとエドワード王の御前で祈ったのは。
まさにこの日だ、最も信頼している者の裏切りで
わが身が破滅してしまえばいいと望んだのは。
まさにこの日、万霊節のこの日にこそ、慄《おのの》くわが魂は、
重ねに重ねた悪行のつけを返済せねばならぬのだ。
神をもてあそんだこの私のまやかしの祈りを
すべてをみそなわす神はこの身に返し、
戯《たわむ》れに願ったことを本気で実現なさるのだ。
こうして神は、悪しき者をしてその剣先を
己の胸元に突き立てさせる。
こうしてマーガレットの呪いが、重くこの身にのしかかる。
あれは言った、「やつがおまえの心を悲しみで引き裂く時、
思い出せ、マーガレットは予言者であったと」
さあ、連れて行け、恥辱の断頭台へ。
悪には悪、罪には罪が当然の報いだ。

役人たちと共に退場。※1

※1　このト書き、Fのみ。

第五幕　第二場

リッチモンド[※2]、オックスフォード、ブラント、ハーバート、その他、太鼓と軍旗を持って登場。

リッチモンド　兵士諸君、わが敬愛する友よ、
暴君の軛《くびき》の下で傷ついた我々だが、
こうして、国の奥深くまで
何ら妨げなく進軍できた。
そして今ここに、わが父スタンリーより、
慰安と激励の手紙が届いた。それによれば、
卑劣、残虐な簒奪者《さんだつ》のあの猪は——
そう、諸君の夏の畑も、実り豊かな葡萄園《ぶどうえん》も台無しにし、
諸君の熱い血を呑み、諸君のはらわたを
貪《むさぼ》り食ってきたあの汚らわしい豚は——
今まさにこの国の中央、
レスターの町近くにいるという。
ここタムワースからわずか一日で行けるところだ。

※2　リッチモンド（一四五七年一月二十八日生まれ）は、当時二十八歳。
　この場面は、一四八五年八月十九日、レスターより西四十キロにある町タムワースに、リッチモンドが陣を張った時の様子を描く。その三日後の二十二日がボズワースの戦いとなるが、ボズワースの平原は、タムワースとレスターのほぼ中間地点にある村マーケット・ボズワースの南五キロの地点にある。

神かけて、いざ進め、勇敢なる友よ、
とこしえの平和という実りを刈るため、
このただ一度の血の決戦に賭《か》けるのだ！

オックスフォード[※1]　一人一人の良心が一千の刃《やいば》となり、
あの罪深い殺人鬼と戦いましょう。

ハーバート　敵方の兵士もこちらにつくことでしょう。

ブラント　皆、恐怖ゆえに従っているだけです。
いざという時には逃げるでしょう。

リッチモンド　万事わが軍に有利だ。神かけて、いざ進軍！
誠《まこと》の希望は逸早《いちはや》く、燕《つばめ》の翼で天駆《あまか》ける、
その希望あればこそ、王は神となり、王ならぬ身も王となるのだ。

一同退場。

〔第五幕　第三場[※2]〕

武装したリチャード王、ノーフォーク、ラトクリフ、サリー伯[※3]、
その他と登場。

※1　オックスフォード、ハーバート、ブラントの三人が、Qでは「貴族1」「貴族2」「貴族3」となっている。

※2　FやQにはない幕場割り。

※3　Qではケイツビー。
サリー伯トマス・ハワード（一四四三～一五二四）は、ノーフォーク公爵の一人息子。一四八三年に伯爵となり、ボズワースの戦いで捕虜となる。

リチャード　ここにテントを張れ。このボズワースの平原に。
　サリー卿[※4]、なぜそう沈んだ顔つきを?
サリー　心は明るいです、顔つきの十倍も。
リチャード　ノーフォーク卿[※5]。
ノーフォーク　　　　は、陛下。
リチャード　わが軍は打撃を受けるだろうな——え、おい?
ノーフォーク　受けもすれば与えもしましょう、陛下。
リチャード　テントを張れ!　今夜はここに寝る。
　だが、明日は?　まあ、どうでもいい。
　誰か、謀叛人[※6]どもの数を数えたか。
ノーフォーク　せいぜい六、七千人というところです。
リチャード　ほう、わが軍はその三倍ではないか。
　それに、王の名は百人力[※7]だ。
　叛乱《はんらん》軍にはそれがない。
　テントを張れ!　さあ、紳士諸君、
　地形を調べておこう。
　このあたりに詳しい連中を呼べ。
　きびきびと迅速に事を運ぼう[※8]。
　なにしろ、諸君、明日は忙しくなるからな!

※4　Qでは「ケイツビー」。応えるのもケイツビー。

※5　Qでは「ノーフォーク卿、ここへ来てくれ」であり、ノーフォークの返答のないままリチャードは台詞を続ける。

※6　Qでは「敵」。

※7　直訳すれば「王の名は力の塔」。「箴言」一八・一〇「主の御名は力の塔」に基づく。

※8　原文はLet's lacke [Q: want] no Discipline, make no delay,
　Discipline の意味はアレグザンダー・シュミットによれば military skill and experience であり、「訓練」ではない。

一同退場。

〔反対側から〕リッチモンド、サー・ウィリアム・ブランドン※1、オックスフォード、ドーセット※2、〔ハーバート、ブラント、その他〕登場。

リッチモンド　疲れた太陽が黄金色《こがねいろ》になって沈んでゆく。
炎の馬車が大空につけた明るい轍《わだち》が
明日の良き日を告げている。
サー・ウィリアム・ブランドン、軍旗は預けた※3。
インクと紙をテントまで持ってきてくれ※4。
この戦《いくさ》の作戦を練る。
隊長それぞれに具体的な任務を割り当て、
少ない戦力をうまく配分しよう。※5オックスフォード卿と、
君、サー・ウィリアム・ブランドン、そして
君もサー・ウォルター・ハーバート、ここに残ってくれ。
ペンブルック伯爵はご自分の連隊においでだ。
ブラント隊長、伯爵に私からお休みの挨拶を伝えてくれ。
それから、明朝二時に
私のテントに来てくれと。

※1　リッチモンド伯の旗手。ボズワースの戦いで殺される。Qではブランドン以下ここで名前が挙がっていない。
※2　ドーセットに台詞はなく、誰からも話しかけられないが、リッチモンド側についたことは劇中何度も言われている。
※3　Qでは「サー・ウィリアム・ブランドンはどこにいる？　彼に軍旗を預けよう」となっている。これは、役者の数を減らすための工夫であろう。
※4　ここから四行、「少ない戦力をうまく配分しよう」までは、Qでは次頁の「お休み、ブラント隊長」の次に来る。
※5　「オックスフォード」から二行後の

あともう一つ、隊長、お願いがある、
スタンリー卿の陣営はどこか、知っているか。
ブラント　旗印を見誤ったのでなければ、
いや、見誤ることなどありませんが、
あの方の連隊は、強大な王の軍勢の南方、
少なくとも半マイルの地点にあります。
リッチモンド　もし危険を冒さずに、そこまで行けるなら、
ブラント隊長、なんとかスタンリー卿にお会いして、
この極めて重要な書状を渡してほしいのだ。
ブラント　命にかけて、殿下、お引き受けします。
[※6]では、どうぞお休みなさいませ。
リッチモンド　お休み、ブラント隊長。　〔ブラント退場〕
さあ、諸君、
明日のことを相談しよう。
私のテントに入ってくれ。夜露[※7]が冷たい。
一同[※8]はテントの中へ引っ込む。
リチャード、ラトクリフ、ノーフォーク、ケイツビー〔、その他〕登場。

「残ってくれ」まではFのみ。Qにないのは役者の数を減らすためであろう。

※6　Qにはこの一行なし。

※7　Qでは「空気」。

※8　このト書き、Fのみ。

リチャード　何時だ。
ケイツビー　夕食の時間です、陛下。九時です。※1
王※2　今晩、夕食はとらぬ。インクと紙をくれ。
おい、俺の兜《かぶと》の眉庇《まゆひさし》はゆるめておいたか。※3
鎧《よろい》一式はテントに並べてあるな？
ケイツビー　はい、陛下、万事準備できております。
リチャード　ノーフォーク卿、持ち場へ戻れ。
見張りを厳重にしろ。信頼できる歩哨《ほしょう》を選べ。
ノーフォーク　直ちに参ります。
リチャード　明日は雲雀《ひばり》と共に起きろ、ノーフォーク卿。
ノーフォーク　ご心配なく、陛下。
退場。
リチャード　ケイツビー！※4
ケイツビー　は、陛下？
リチャード　武装させた伝令※5をスタンリーの連隊へ送れ。
日の出前に軍隊を引き連れてこなければ、
永遠の夜の闇の底に
息子ジョージが沈むと言え。
〔ケイツビー退場〕
ワインを注げ。蠟燭をくれ。※6

※1　Qでは「六時です。もう夕食の時間です」。一五世紀末の夕食時は九時頃であり、六時というのは役者たちの習慣が入り込んだのではないかと言われている。

※2　Fでは一貫して「リチャード」（一部「グロスター」）となっていた名前が、ここから時々「王」に変わっている。

※3　ベルトか蝶番がきつかったのであろうとオックスフォード版は注釈する。

※4　Fではここはラトクリフであり、次の台詞を言うのもラトクリフだが、リチャードはQにあるとおりケイツビーに命じた後、ラトクリフに命じるのが自然だろう。Fのこの頁は特に誤植多し。

白馬サリーに鞍を置け、明日はあれに乗る。
俺の槍は大丈夫か、重すぎないか見ておけ。
ラトクリフ！

ラトクリフ　陛下？

リチャード　憂鬱《ゆううつ》顔のノーサンバランドを見かけたか。

ラトクリフ　サリー伯トマスと二人で、
夕暮れ時に、部隊から部隊へと
兵士たちを元気づけて回っていました。

王　そうか、それならよい。ワインをよこせ。※7
以前のような元気が出ない。
はずむ心も今はない。
そこに置け。インクと紙はまだか。

ラトクリフ　これです。

リチャード　衛兵を立てろ。下がっていろ。
ラトクリフ、夜中にこのテントに来て、
鎧を手伝ってくれ。下がれと言ってるんだ。

ラトクリフ退場。〔リチャード王はテントに入る〕

ダービー伯スタンリー、リッチモンドのテントに登場。

※5　正確には、伝令副官。伝令（herald）に仕える下級士官。

※6　原文のWatchはwatch candle（時間を計るための目盛りつき蠟燭）の意味であろう。オックスフォード版は時計かもしれないと言う。なお、ここは韻文であるので、「ワインを注げ」と「蠟燭をくれ」のあいだに間はあけられない。

※7　数行前に「ワインを注げ」と命じたのに果たされなかったために、いらついて「ワインをよこせ」と叫ぶ。韻文であるため、「ワインをよこせ」の前に間をあけることはできない。矢継ぎ早に繰り出される命令は、リチャードの落ち着きのなさを表す。三行後に「そこに置

ダービー　運命と勝利がおまえの兜に宿りますよう！
リッチモンド　気高い義父上《ちち》、この暗い夜が
もたらしうる限りの慰みが御身にありますよう。
気高い※1母上はいかがお過ごしですか。
ダービー　母に代わって、祝福を与えよう。
母はリッチモンドのことを常に祈っている。
だが、そこまでにしよう。静かな時は密《ひそ》やかに流れ、
東のかなたでは闇が斑《まだら》に薄らいでいく。
手短に言おう——時が時だからな——
明日《あす》は朝早く戦闘準備をしろ、
血を血で洗う死闘を繰り広げ、
おまえの運命を試すのだ。
私もできるだけ——思うに任せぬ身であるが——
勝敗さだかならぬこの一戦で、
なんとかうまく立ち回って、おまえの味方をする。
だが、おまえの側について目立った動きはできぬ、
見つかれば、おまえの弟、幼い※2ジョージが、
この父の目の前で処刑されるからだ。
さらばだ。こんなに久しぶりに会えたのだから、

け」とあるのは、注がれたワインのことか。

　インクと紙についても第一声で命じたことであり、いらだって再度聞いている。そのいらだちがクライマックスに達するのが「下がれと言ってるんだ」である。話しかけて引きとどめておきながら怒るという、極度に緊張した精神状態である。

※1　Qでは「愛する」。

※2　「幼い」の原語tenderは、シェイクスピアは子供によく用いた。ジョージ・スタンリー（一四六〇～一五〇三［一四九七？］）は、一四八五年当時成人していたが、劇中では子供とされている。
　このジョージは、初代ストレインジ卿。ストレインジ卿とは、ダ

懇《ねんご》ろに愛を確かめ、愉《たの》しい語らいを
ゆっくり交わしたいところだが、
事態があまりに切迫しているため、そうもゆかぬ。
神がそうした団欒《だんらん》の機会をいずれまたお与えくださるだろう。
もう一度、さらば。勇敢であれ、成功を祈る。

リッチモンド　諸侯、父上を連隊までお連れしてくれ。
心乱れてはいるが、一眠りしておかねばならぬ。
明日、勝利の翼で天駆けようという時に、
重い眠気がのしかかってきては困るからな。
もう一度、お休み、諸君。

〔リッチモンド以外全員〕退場。

〔跪《ひざまず》く〕ああ、神よ、私はあなたの武将です。
恵み深い眼差《まなざ》しでわが軍をみそなわせ。
わが兵士らの手に神の怒りの鉄槌《てっつい》を授けたまい、※3
簒奪《さんだつ》者たる敵軍の兜を
重い一撃のもとに打ち砕かせたまえ。
我らを悪を懲らしめる御使《みつか》いとし、※4
勝利して御名《みな》を讃《たた》えしめたまえ。
この目覚めた魂を御手《みて》に委ねて、

ービー伯の次期後継者に与えられる称号である。
　シェイクスピアの劇団の前身であったストレインジ卿一座のパトロンは、一五九三年に第五代ダービー伯となるファーディナンドー・スタンリー（一五五九？～九四）であった。

※3　「詩篇」二・九参照。

※4　「ロマ書」一三・四参照。

この瞼《まぶた》の窓を閉じましょう。
眠る時も覚める時も、どうか、いつもこの身を守りたまえ！
〔リッチモンドは〕眠る。ヘンリー六世の息子、エドワード王子の亡霊登場。

〔王子の〕亡霊　（リチャード王に）明日はおまえの魂に重くのしかかってやる！
若さの真っ只中《ただなか》にいた私をテュークスベリーで刺し殺したことを思え。
絶望して死ね！
（リッチモンドに）勇気を持て、リッチモンド、なぶり殺しにされた王子たちの魂が、
おまえの味方となって戦うぞ。
ヘンリー王の子が、リッチモンド、おまえを励ますのだ。

ヘンリー六世の亡霊登場。

〔ヘンリー六世の〕亡霊　（リチャード王に）生前、わが聖なる肉体は
おまえによって恐ろしい穴を無数にあけられた。
ロンドン塔にいた私を思え。絶望して死ね！
ヘンリー六世がおまえに命じる。絶望して死ね！
（リッチモンドに）徳高く聖なる者よ、征服者となれ。
おまえは王になると予言したヘンリーが、
おまえを眠りの中で励ますのだ。生きて栄えよ！

クラレンスの亡霊登場。

〔クラレンスの〕亡霊　（リチャード王に）明日はおまえの魂に重くのしかかってやる！
むかつくワインに漬けられて殺され
おまえの策略で死へ追いやられた哀れなクラレンスだ。
明日は戦場で私を思い、
なまくら刀を取り落とせ。絶望して死ね！
（リッチモンドに）ランカスター家の末裔《まつえい》よ、
不当に葬られたヨーク家の子孫は、おまえのために祈っている。
良き天使たちが、戦うおまえをお守りくださる。生きて栄えよ！

リヴァーズ、グレイ、ヴォーンの亡霊登場。

リヴァーズ〔の亡霊〕　（リチャード王に）明日はおまえの魂に重くのしかかってやる！
ポンフレットで死んだリヴァーズだ。絶望して死ね！
グレイ〔の亡霊〕　（リチャード王に）グレイのことを思って魂を絶望させろ！
ヴォーン〔の亡霊〕　（リチャード王に）ヴォーンのことを思って、罪の恐れで
槍を取り落とせ。絶望して死ね！
三人〔の亡霊〕　（リッチモンドに）目覚めよ、リチャードの胸にある
おぞましい記憶がリチャードを打ち倒すと思え。目覚めよ、そして勝利せよ！

ヘイスティングズの亡霊登場。

〔ヘイスティングズの〕※亡霊　（リチャード王に）血と罪にまみれた
者よ、罪に震えて目覚めよ！
血まみれの戦《いくさ》で生涯を終えろ！
ヘイスティングズのことを思い、絶望して死ね！
（リッチモンドに）静かな、穏やかな魂よ、目覚めよ、目覚めよ！
武器を取り、戦い、美しきイングランドのために勝利せよ！

二人の幼い王子〔エドワードとヨーク〕の亡霊登場。

〔エドワード王子とヨーク王子の〕亡霊　（リチャード王に）ロンド
ン塔で絞め殺した甥《おい》たちの夢を見ろ！
僕たちは、リチャード、おまえの胸の中で鉛となって、
おまえを、破滅、恥辱、死へと引きずり込んでやる！
おまえの甥たちの魂が命じる。絶望して死ね！
（リッチモンドに）眠れ、リッチモンド、穏やかに眠って喜びと
共に目覚めよ！
良き天使たちが、猪の攻撃からおまえを守ってくださろう！
生きよ、そして幸せな王の一族の父となれ！

※　Q1とQ2では、ヘイスティングズの亡霊は次の二人の王子の亡霊の次に現れることになっていたが、Q3以降、Fにあるとおりの順番となった。Fの順番とは、殺された順番ということになる。

エドワードの不幸せな息子たちがおまえに命じる、栄えよ！

妻アンの亡霊登場。

〔アンの〕亡霊　（リチャード王に）リチャードよ、おまえの妻、みじめなアン、
おまえと一緒に一時《ひととき》も安らかに眠れなかったおまえの妻が
こうしておまえの眠りに不安を注いでやる！
明日は、戦場で私のことを思い、
なまくら刀を取り落とせ。絶望して死ね！
（リッチモンドに）静かな魂よ、静かな眠りを眠れ！
成功と幸せな勝利の夢を見よ！
おまえの敵の妻がおまえのために祈る。

バッキンガムの亡霊登場。

〔バッキンガムの〕亡霊　（リチャード王に）最初におまえを王位につけようとしたのは私だ。
おまえの暴虐さの最後の餌食となったのは私だ。
ああ、戦場でバッキンガムのことを思え、
そして罪の恐怖を感じて死ね！
見続けろ、見続けろ、血腥《ちなまぐさ》い悪行と死の夢を。
気を失って絶望しろ、絶望して息絶えろ！

（リッチモンドに）おまえに手を貸そうという望み儚《はかな》く私は死んだ。
だが、勇気を持て。ひるむな！
神と良き天使たちが、リッチモンドの側について戦う。
そしてリチャードはその高慢の高みから転落するのだ！
〔亡霊たち退場※1〕

リチャードは夢から飛び起きる。

リチャード　別の馬をくれ！　この傷を縛れ！
お情けを、神よ——なんだ、夢か。
臆病な良心め、どこまで俺を苦しめる！
炎が青く燃えている。真夜中だな。
冷たい恐怖の寝汗で、震える体がびっしょりだ。
俺は何を恐れている？　自分か？※2　他に誰もいない。
リチャードはリチャードを愛している。そうさ、俺は俺だ※3。
人殺しでもいるというのか。いやしない。いや、俺がそうだ。
じゃ逃げるか。なに、自分から？　何だってまた？
自分に復讐されないようにか？　え？　自分が自分に？
ああ、俺は自分を愛している。なぜだ？

※1　一九五二年の旧ケンブリッジ版が各亡霊に「退場」のト書きを加えて以来、それが踏襲されてきたが、一七〇九年のニコラス・ロウの注釈にあるように、舞台上の亡霊の数がどんどん増えて最後に一斉に消えるという演出も考えられる。
※2　QのWhat do I feare? my selfe?を採用。FではWhat? do I feare my Selfe?と区切り方が違って意味が異なっている（「なんと、俺は自分が怖いのか」）。
※3　QではI and I（俺と俺）となっている。

何か自分にいいことでもしてやったか？
とんでもない、ああ、俺はむしろ自分が憎い、
自分がやったおぞましい所業のせいで！
俺は悪党だ。嘘をつけ、悪党じゃない。
馬鹿、自分のことはよく言え。馬鹿、へつらうな。
俺の良心※4には千もの舌があって、
それぞれの舌がそれぞれの話をし、
その話も俺を悪党だと非難する。
偽証罪※5、それも最悪の偽りだ。
殺人、それも第一級のひどい殺人だ。
いろいろな、あれやこれやの罪が、
法廷に群がって、「有罪、有罪！」と声をそろえて叫びやがる。
絶望するしかない。俺を愛する者などいやしない。
俺が死んでも、誰一人哀れに思ってくれやしない。
あたりまえだ、この俺自身、
自分を哀れに思う気持ちなど微《み》塵《じん》もないのだから。
俺が殺したやつらみんなの魂が、
このテントにやってきて、どいつもこいつも
明日、このリチャードの頭に天誅が下ると脅しやがった。

※4　この劇で何度も問題にされる「良心」とは、自分とは何かを考える力と捉えてよいだろう。ただ動物的な欲望に衝き動かされて生きるのではなく、内省する心があるから人間なのである。ここに近代的自我の萌芽があるとよく指摘される。
　このリチャードの苦悩の台詞はのちに、リチャード二世の瞑想（『リチャード二世』第五幕第五場）へと発展し、シーザー暗殺前夜に思い悩むブルータスの思考（『ジュリアス・シーザー』第二幕第一場）を経て、ハムレットの瞑想へと至る。
※5　Qでは、「偽証罪、偽証罪」と繰り返される。

ラトクリフ登場。

ラトクリフ　陛下！

王　誰だ？[※1]

ラトクリフ　ラトクリフです、陛下。私です。村の一番鶏《どり》が二度も、時を作りました。味方の兵たちが起きて鎧を着けています。

王[※2]　おお、ラトクリフ、恐ろしい夢を見た！どう思う——味方の連中、裏切らないだろうか？

ラトクリフ　もちろん大丈夫です、陛下。

王　おお、ラトクリフ、俺は怖い、怖い！

ラトクリフ　どうか、陛下、影におびえなさいますな。

王　ところが、その影が怖いのだ。薄っぺらいリッチモンドに率いられて実際に押し寄せてくる武装した一万の兵よりも、今晩見た影のほうが、このリチャードの魂にはずっと怖かった。まだ夜は明けていないな。おい、一緒に来てくれ。誰か逃げようとしていないか味方のテントをまわって、立ち聞きをしてやろう。

※1　Qには、「誰だ」の前に「うひゃあ！」(Zoundes) という驚きの言葉がある。

※2　これより三行、Qのみ。Fから落ちたのは不注意としか考えられない。

リチャードとラトクリフ退場。

リッチモンドがテントの中に坐《すわ》っているところに※3貴族たちが登場。

貴族たち　おはようございます、リッチモンド殿。
リッチモンド　これは失礼、諸君、油断がないな、
こちらがぐずぐずしていたところを見つけられてしまった。
貴族たち　お休みになれましたか、殿下?
リッチモンド　初めてだよ、こんなに甘い眠りは。それに、
最高によい夢を見た。いまだかつてない吉兆の夢だ。
それも、ついさっき君たちと別れてからのことだ。
どうやら、リチャードが殺した人々の魂が
私の陣営にやってきて、勝利を予言してくれたようなのだ。
いやあ、あんなにすばらしい夢、思い出すだけで
すっかり愉快になる。
今は朝の何時ごろかね、諸侯?
貴族　四時を打ちました。
リッチモンド　おやおや、では、武装をして指示を出す時刻だな。

兵士への訓示。

※3「テントの中に坐っているところに」はFのみ。

祖国を愛する同胞諸君、差し迫った情勢ゆえ
これまで述べたこと以上に
言葉を重ねる余裕はない。だが、これだけは忘れるな。
神と大義は我らの味方だ。
聖者の祈りと、虐げられた人々の魂の祈りが、
高くそびえる砦《とりで》となって、わが軍を守ってくれよう。
我らが戦う相手は、リチャードを別にすれば、皆
自らの主君の勝利でなく、我らの勝利を望んでいる。
というのも、敵の主君とは何者か？　そうだ、諸君、
血に飢えた暴君であり、人殺しだ。
血を流して位を昇りつめ、血にまみれて王となった男だ。
王冠を手に入れるためには手段を選ばず、
そのために利用した人間を殺す男だ。
卑しい穢《けが》れた石ころでありながら、イングランドの王座という
台座におさまって宝石とみせかけている。
常に神に敵対する男だ。
諸君が神の敵と戦うなら、
諸君は神兵として神の正義に守られる。
諸君が神かけて暴君を倒すなら、

暴君亡き後、平和な眠りが訪れる。
諸君が祖国の敵と戦うなら、
祖国の富が労苦に報いよう。
諸君が妻を守って戦うなら、
妻たちは勝利の諸君を家に迎えよう。
諸君が子供を剣から救うなら、
老いてのち孫子の代まで感謝されよう。
しからば、神の御名《みな》にかけて、また今述べた諸正義にかけて
軍旗を進め、勇んで剣を抜け！
この乾坤一擲《けんこんいってき》の大勝負に敗れるなら、その代償は
冷たい大地に横たえるわが冷たい死体※1だ。
だが、勝利すれば、その利益は、
諸君一人一人と分け合い、一兵卒に至るまで恩賞を授けよう。
太鼓を打て、ラッパを吹け、威風堂々、朗らかに！
神よ、聖ジョージよ！　リッチモンドに勝利を！　〔一同退場〕

リチャード王、ラトクリフとケイツビー※2登場。

王　ノーサンバランドは、リッチモンドのことを何と言っていた？

ラトクリフ　実戦の経験がないと。

※1　当時の戦争において、身分の高い者は殺されずに捕虜にされ、身代金により釈放されたが、リッチモンドは命をかけて戦うというのである。

※2　「ケイツビー」とFにあるところ、Qでは「その他」。

王　それは事実だ。それでサリー伯は何と？

ラトクリフ　微笑《ほほえ》んで、「こちらには好都合」と。

王　そう。確かにそのとおりだ。

　　時計が鳴る。

いくつ鳴るか数えておけ！　暦をよこせ――
今朝、太陽を見た者はいるか？

ラトクリフ　　　　　私は見ておりません。

王　では、太陽のやつ、照るのをしぶってるな。
この暦によれば、一時間前に東を明けに染めているはず。
暗い一日になりそうだな、誰かにとっては。
ラトクリフ！

ラトクリフ　陛下？

王　今日、太陽は出ないぞ。
空は暗い顔で、わが軍の上でうなだれている。※1
このじめっとした涙の露※2が大地から消えてほしいものだ。
今日、太陽は輝かぬ！　ふん、それがどうした？
リッチモンドにとっても同じではないか。俺に曇り顔をする
空は、あいつにも悲しい顔を向けているのだ。

※1　「うなだれている（lowre vpon）雲」のイメージは、冒頭のリチャードの台詞にある「わが一族の上に垂れ込めていた（lowr'd vpon）雲」と同じ。「太陽」を常に敵に回してきたリチャードは、最後まで太陽を味方にすることがない。

※2　露は、リッチモンドも言及している（203頁）が、リチャードにとってはそれが大地を濡らす涙のように思えるのである。

　ノーフォーク登場。

ノーフォーク　武器を、武器をお取りください。敵が押し寄せます。

王　さあ、急げ、急げ！　馬の支度をしろ。
スタンリー卿を呼べ。軍隊を引き連れて来いと命じろ。
俺も兵を率いて陣頭に立つ。
隊の配列はこうだ。
先陣は横一列に広がって、
騎兵と歩兵、同数で進み、
中央には弓隊を配置する。
ノーフォーク公ジョンとサリー伯トマスは、
この歩兵隊と騎兵隊の指揮を執る。
そのあとに、この俺が
主力部隊を率いていく。その両翼は
最強の騎兵隊で固める。このうえ、おまけに
聖ジョージのご加護がある！　どう思う、ノーフォーク？

ノーフォーク　よい作戦だと思います、陛下。
[※3]今朝、私のテントにこのようなものがありました。
[※4]〔読む〕「ノーフォークよ、図に乗るな。

※3　Qには、ここに「紙切れを見せる」というト書きがある。

※4　QもFもこの二行はノーフォーク自身の台詞。ノーフォークがリチャードの前で音読できるような内容ではないと判断した後代の編者によって、リチャードがこれを読むように変更されることがある。しかし、そもそもそのリチャードの権威それ自体が問題にされるのだという議論もある。
　なお、この二行はboldとsoldで韻を踏んでいるため、「乗る」でまとめた。

君の親分リチャードは、金で裏切る話に乗った」

王　敵が考えたものだ。
行け、紳士諸君。それぞれ持ち場につけ！
※1わけのわからぬ夢に魂を怯《おび》えさせまい。
良心とは、臆病者が使う言葉にすぎぬ。
力ある者をおとなしくさせるために考え出されたものだ。
強力な武器こそ良心、剣こそ法律だ！
進軍だ！　勇敢に続け！　当たるを幸い、なぎ倒せ！
天国行きがだめならば、手に手をとって地獄へ行こうぞ！

〔リチャードの兵士たちへの訓示※2〕

これまで述べたこと以上、もはや言うことはない。
誰を相手にしているのかを思い出せ。
浮浪者、ごろつき、逃亡者の寄せ集めだ。
ブルターニュのぐずと、卑しいどん百姓だ、
人があふれすぎた国から吐き出され、
闇雲に破滅に突き進んでいこうという手合いだ。
安眠する諸君を不安に陥れ、
土地を持ち、美しい妻に恵まれた諸君から

※1　ここより四行はリチャードが自分に語る台詞か。

※2　このト書きはQにあり。

土地を奪い、妻を犯そうとする。
しかもそれを率いるのは、誰あろう、
長年ブルターニュでお袋※3が養っていたつまらぬ男ではないか。
腰抜け野郎だ！　生まれてこのかた味わった寒さといえば、
靴を履いて雪の中に立った程度だ。
こんな宿無しどもは海の向こうに追い返してやれ。
こんなフランスの思い上がったぼろきれ野郎、
人生に疲れた飢えた乞食どもなど鞭《むち》で追い出してやれ。
連中は、この馬鹿な戦《いくさ》で稼ごうなどと夢見なければ、
なすすべもなく首をつっていたはずの哀れな溝鼠《どぶねずみ》だ。
かりに負けるとしたら、人間に負けたいものだ！
こんなブルターニュのろくでなしどもではなく！
我らの父はやつらの国を破り、打ちのめし、踏みにじり、
歴史に残るとおり、やつらに恥辱の子孫を残してやった。
そんなやつらにわが国を好きにされてよいのか。妻を盗《と》られ、
娘を犯されていいのか。

遠くで太鼓の音。

聞け、敵の太鼓だ。
戦え、イングランドの紳士諸君。戦え、勇敢な郷士諸君。

※3　史実では、ブルターニュでリッチモンドを養ったのは、リチャードの義兄バーガンディー公爵であるため、ここを「兄上」に訂正する版もある。この誤りは、ホリンシェッドの第二版で「兄」が「母」と誤植されていたことに由来する。ケンブリッジ版は「母国イングランド」の意に解釈することもできると示唆し、オックスフォード版と同様、QとFにある「お袋」のままにしている。

弓隊は弓を引け、力の限りに引き絞れ！
荒ぶる馬に拍車をかけ、血しぶきあげて駆け抜けろ！
砕けんばかりに槍を突き、天を魂消《たまげ》させてやれ！

使者登場。

スタンリー卿からは何と？　軍隊を連れて来るか？

使者　陛下、行かぬと言っております。

王　やつの息子ジョージの首を刎《は》ねろ！

ノーフォーク　陛下、敵は沼地を越えました！
ジョージ・スタンリーの処刑は戦闘のあとになさいませ。

王　この胸には、一千もの心臓が高鳴っている。
進め、軍旗を掲げろ！　打ってかかれ！
昔ながらの鬨《とき》の声、「聖ジョージ！」の呼び声よ、
炎吐く竜の怒りを我らの胸に吹き込みたまえ。
かかれ！　勝利は我らの兜《かぶと》に宿る！※1

一同退場。

※1　206頁のスタンリーの台詞にも、兜に勝利が宿るという表現がある。なお、これはQの読みであり、FではVictorie sits on our helpes（我らが援助に勝利が宿る）となっているが、ケンブリッジ版（F）でもQを採用している。

〔第五幕　第四場〕[※2]

戦いを示す騒音。戦い。ケイツビー登場。

ケイツビー　援軍を！　ノーフォーク卿[※3]、援軍、援軍を！
王は人間業《わざ》とは思えぬ驚くべき戦いぶり、
敵を次々となぎ倒していますが、
馬が殺され、今は徒歩《かち》のまま戦い、
リッチモンドを死の淵《ふち》までお捜しです。
援軍を、閣下、さもないと敗北です！　〔退場〕

戦いを示す騒音。リチャード王登場。

リチャード　馬だ！　馬だ！　王国をくれてやるから馬をよこせ[※4]！

ケイツビー　おひきください、陛下。馬は私が用意します。

リチャード　馬鹿野郎！　この命、投げた賽《さい》に賭《か》けたのだ。
死[※5]の目が出ようと、あとには引かぬ。
戦場にはリッチモンドが六人いるらしい。
五人までは殺したが、あいつではなかった。

※2　FやQにはない幕場割り。

※3　話しかけられているノーフォーク公を舞台に登場させようとして、「ノーフォーク公と兵士たち登場」とト書きに書き加える編者もいるが、ノーフォーク公は、原文どおり、舞台に登場する必要はない。むしろ、ケイツビーが客席に向かって叫んだほうが効果的であろう。

※4　有名な台詞。A Horse, a Horse, my Kingdome for a Horse.

※5　原文の die には「サイコロ」と「死ぬ」の両方の意味が掛けられている。ここでは「死」と読ませて「四」の連想を狙った。

馬だ！　馬だ！　王国をくれてやるから馬をよこせ！

〔一同退場〕

〔第五幕　第五場[※1]〕

戦いを示す騒音。リチャード王とリッチモンド登場。二人は戦う。リチャードは殺され[※2]、それから退却ラッパが鳴り響く。〔リッチモンド退場。リチャードの死体は運び出される。〕華やかなラッパ演奏。リッチモンド、王冠を運ぶダービー伯スタンリー、諸侯〔、兵士たち〕登場。

リッチモンド　神と諸侯の戦いぶりに誉れあれ、勝利の友よ、
勝利は我らのもの。血に飢えた犬は死んだ。

ダービー　勇敢なるリッチモンド、よくその務めを果たされた。
ご覧あれ、ここに、この長く簒奪《さんだつ》されていた王の印を
死んだ血腥《ちなまぐさ》い卑劣漢のこめかみからもぎとり、
陛下の額を飾るべくお持ちしました。　〔王冠を差し出す〕

※1　FやQにはない幕場割り。

※2　一四八五年八月二十二日、ボズワースの戦いでリチャードは没する。享年三十二歳（一四五二年十月二日生まれ）。

どうかこれを戴《いただ》き※3、その力を発揮させしめたまえ。
リッチモンド　天にまします大いなる神よ、嘉《よみ》したまえ！
ところで、幼いジョージ・スタンリーは生きているのですか。
ダービー　はい、陛下、レスターの町で無事保護されています。
よろしければ、そちらへ今から引き上げましょう。
リッチモンド　両軍の主だった戦死者は誰だ。
ダービー※4　ノーフォーク公ジョン、フェラーズ卿ウォルター※5、
サー・ロバート・ブラッケンベリー※6、そしてサー・ウィリアム・
ブランドンです。
リッチモンド　それぞれの生まれにふさわしい埋葬をしてやれ。
降伏してわが軍に戻った逃亡兵※7には
恩赦を与えると布告しろ。
それから、誓約したとおり、
ここに白薔《ば》薇《ら》と赤薔薇を統合しよう。
その敵対に長いあいだ眉をひそめておられた天よ、
この華麗なる結びに微笑みたまえ。
どんな裏切り者も、そうあれかしと願うだろう。
イングランドはずっと狂って自らを傷つけていた。
兄弟が闇雲に互いの血を流し合い、

※3　Qには、「それを享受し」が挿入されている。

※4　Qには、「ダービー」という指示がないため、リッチモンドが読み上げる形になる。

※5　ウォルター・ハーバート（195頁参照）のこと。

※6　ロンドン塔長官。

※7　これまで「逃亡した敵兵」と訳されることが多かったが、味方の逃亡兵のことか。当時の戦は、近代のような規律が徹底したものではなく、逃亡兵が大変多かった。

父親が見境なくわが子を殺し、
息子は余儀なく父親を虐殺した。
それゆえヨークとランカスターが引き裂かれ、
おぞましき対立を生んだのだ。
おお、今こそ、両王家の真の後継者
リッチモンドとエリザベスを、
神の正しき定めにより結ばしめよ。※
そして、その子孫は、神よ、その御心に沿って、
来るべき時を、にこやかな平和、
微笑む豊穣《ほうじょう》、麗しき繁栄の日々で豊かならしめよ。
慈悲深い神よ、謀叛《むほん》人の剣先を鈍らせたまえ。
血塗られた日々を復活させ、哀れなイングランドに
血の涙を流させようとする謀叛を斥《しりぞ》けたまえ。
この美しき国の平和を傷つけようとする裏切り者には
この国の豊かな富を味わわしめぬよう！
今や内乱の傷口は止まり、平和が蘇《よみがえ》った。
神もご唱和くださいませ、平和万歳と！

一同退場。

※　ここにシェイクスピアの女王であるエリザベス一世へと続くテューダー朝が生まれるのであるから、この終幕は当時の人たちにとっては実にめでたい意味を持っていた。

訳者あとがき

歴史劇として

『リチャード三世』（一五九二～三年頃執筆）は、主人公グロスター公リチャードの強烈な個性によって歴史劇の枠を逸脱する悪漢《ピカレスク》芝居であるが、歴史劇としては『ヘンリー六世』三部作の続編である。そこでまず、『リチャード三世』以前の『ヘンリー六世』において、リチャードがどんな活躍をしたのか簡単に確認しておこう。

『ヘンリー六世』三部作の中心人物は誰かと言えば、題名に掲げられた国王ヘンリー六世と、その王座を奪おうとする第三代ヨーク公リチャード・プランタジネット――つまりグロスター公リチャードの父親――だ。リチャードが王冠へ激しい欲望を抱くのは、父親譲りと言えよう。父親ヨーク公は、王位簒奪《さんだつ》者であるヘンリー四世から始まって五世、六世と続いてきたランカスター王朝は正統ではないと主張し、自分こそエドワード三世の三男の血をひく王位継承者であると訴えて戦争を起こした。ランカスター家が赤薔薇《ばら》、ヨーク家が白薔薇を掲げて戦ったとされる、世に言う薔薇戦争である（なお、史実ではランカスター家の紋章は赤薔薇ではなく、両家を統合してテューダー王朝を開いたヘンリー七世が赤薔薇と白薔薇の組み合わせたテューダー・ローズを紋章にしたことから、後代になって、ヨーク家の白薔薇に対してランカスター家が赤薔薇を紋章としたというフィクションが生まれたのである。「薔薇戦争」の呼称も後代になって生まれたものであり、テンプル法学院の庭園で貴族たちが赤薔薇か白薔薇のいずれかを手折って対立したというエピソードも架空のものである）。

ヨーク家の三男リチャード（のちのグロスター公そしてリチャード三世）の活躍はめざましいものだった。まず、敵の総大将を倒してしまう。総大将とは、ロンドンのテンプル法学院の庭に咲く白薔薇を父親が手折ったときに張り合って真っ先に赤薔薇を手折った――としてシェイクスピアが『ヘンリー六世』第一部第二幕第四場で描いている――高慢なサマセット公爵だ。それを、聖オールバンズの戦い（一四五五年）において、一騎打ちで倒してみせるのである（第二部第五幕第二場）。史実では、このときリチャード、わずか二歳七ヶ月。

ありえない。

このありえない路線を、シェイクスピアは貫く。

リチャードは、味方のウォリック伯の父親である老ソールズベリー伯リチャード・ネヴィルとともに戦い、この老人を「三度まで目前に差し迫った死の手から救う」（第二部第五幕第三場）のであるが、この老人が亡くなったのは一四六〇年。このときリチャード、わずか八歳二ヶ月。

そして、サマセット亡きあと敵方の武将としてクリフォード卿《きょう》が擡頭《たいとう》すると、この大将を倒すのもリチャードだ（第三部第二幕第六場）。すなわち、タウトンの戦い（一四六一年）。このときリチャード、わずか八歳五ヶ月。

もちろん、当時の年代記に、こんな幼児や子供のスーパーヒーローの話は記されていない。シェイクスピアはかなり大胆に脚色をしているのだ。たとえば、第三部第二幕第三場で、味方のウォリック伯が疲労困憊《こんぱい》し、エドワードら兄たちが「負けた」と絶望するとき、リチャードは独りで仲間を奮い立たせて勝利に導くが、このときもまだ八歳のはずである。

ただし、何もかもシェイクスピアがでっちあげたわけではない。敵に寝返った兄クラレンス公ジョージと戦場で陣を張ってにらみ合ったとき、リチャードがジョージのもとへ馬で赴き、密談をして再び味方にしたという歴史上の逸話があったればこそ、第三部第五幕第一場で敵方ウォリック伯の城へ入ろうとする兄クラレンス公ジョージを呼び止めて、二人で密談し、再び味方にするのであるし、リチャードは史実においてもテュークスベリーの戦いで活躍したのである。この時、一四七一年。リチャード、十八歳。エドワード四世が王位を奪還するのもこの時だ。これが、「今や、我らが不満の冬も、このヨークの太陽輝く栄光の夏となった」という幕開きの時点に相当する。

それから劇では一気に十年以上が過ぎ、第二幕でエドワード四世が死んだ時は一四八三年。リチャードはいつの間にか三十歳だ。この年リチャードは王位に就く。

このように、シェイクスピアの時間の伸縮自在ぶりは驚くべきものだ。あえて史実から逸脱することで、リチャードが百戦錬磨の武将に仕立て上げられていることは認識しておいてよいだろう。

特に驚くべきことは、『ヘンリー六世』三部作において、最も長い独白を行っているのがリチャードだということである。その長さ、七十二行――タイトル・ロールであるヘンリー六世でさえ最長五十四行（第三部第二幕第五場冒頭）であり、次点の父親ヨーク公は五十三行（第二部第三幕第一場最後）だ。『リチャード三世』で主役となる前から、リチャードには強烈なスポットライトが当たっている。そのリチャードの長い独白とは、『ヘンリー六世』第三部で兄エドワード王がグレイ夫人エリザベスと結婚したときのものだ。リチャードは心の中でエドワードを罵《ののし》りながら、こう考える――。

そりゃエドワードは女の扱いにかけちゃ丁重さ。
精根使い果たして、ぼろぼろになっちまうがいい。
希望の王子なんかこしらえて、
俺の希望の黄金時代をつぶすなよ。
だが、俺の魂が欲するものと俺とのあいだには――
たとえ色男エドワード王が埋葬されたとしても――
クラレンスがいる、ヘンリーがいる、その小倅《こせがれ》エドワードがいる。
しかも、そいつらからまたどんなおもしろくもない子供が生まれて、
この俺が王座に就く邪魔をせぬとも限らない。
俺にしてみりゃ、思っただけでぞっとするね。

（第三部第三幕第二場一二四～一三三行）

シェイクスピアは、リチャードにここまで言わせる以上、すでにこの時点で『リチャード三世』の構想がある程度まとまっていたに違いない。そして、まさに『リチャード三世』冒頭の独白を想起させるような次の言葉が続く――。

だが、もしリチャードが手に入れられる王国などないとしたら、
ほかにどんな喜びがこの世にあるというのだ？
女の膝を天国と思い込み、
派手な衣装でこの身を飾り立て、
かわいい淑女がたを言葉と美貌《びぼう》で誘惑するか。
ああ、思っただけで情けない！　無理な話だ、
金の王冠二十個手に入れるよりありえない。
〔中略〕
自然は俺の片腕をひからびた灌木《かんぼく》のように縮ませ、
背中に嫌らしい山を作った。
おかげで俺はかたわ者と馬鹿にされる
両脚の長さも違うし、
至るところ歪《ゆが》みまくり、
まるで混沌《こんとん》だ。
〔中略〕
そんな俺が愛されるものか？
そう思うこと自体、とんでもない間違いだ！
となれば、この世が俺に与える喜びは何もない。

ただ、俺よりもまともな連中を
命令し、こき使い、言うことを聞かせるだけだ。
王冠を夢見ることが俺の天国なのだ。
生きている限り、この世は地獄だと思おう、
このちんちくりんの体に乗っかったこの頭に
輝ける王冠が鎮座するまでは。
だが、どうやって王冠を手に入れたらいいのだ。
俺と目的地のあいだには多くの人間がいる。
〔中略〕
血塗られた斧《おの》で道を切り開くのみだ。
ふん、俺はほほえみながら人を殺せる男だ。
心で泣いても「満足だ」と叫ぶことだってできる。
空涙で頬を濡らし、
どんな表情だってお手の物だ。

（第三部第三幕第二場一四六～一八五行）

まるで、すでに『リチャード三世』の幕が上がっているかのようである。コリー・シバーからローレンス・オリヴィエに至るまで多くの名優が、『リチャード三世』を上演する際に、こうした『ヘンリー六世』のリチャードの台詞《せりふ》を自由に借用したというのも首肯しうる。また、

目の前で皇太子を殺された王妃マーガレットがリチャードのことを「悪魔の手先、人殺しのリチャード、醜いリチャード」と呼ぶ（第三部第五幕第五場）のも、『リチャード三世』の予告のように聞こえてくる。

リチャードの独白はまだ続く。捕虜としたヘンリー六世をリチャードが独りで暗殺した直後にもリチャードの長い独白がある（同第五幕第六場）。その長台詞では、自分が哀れみも愛も恐怖も知らぬこと、生まれたときに足から先に生まれ、すでに歯が生えていたこと、兄弟愛などないことを語り、こう結んでいる――。

クラレンスよ、気をつけろ。俺から光を奪いやがって、
おまえに暗黒の日を用意してやる。
よからぬ予言を巷《ちまた》に流し、
エドワードに自分が殺されるとおびえさせ、
その恐怖を取り除くためと称して、俺がおまえを殺してやる。
ヘンリー王と皇太子は片付けた。
次はおまえだ、クラレンス。それから他のやつらだ。
俺は、のしあがるまでは単なる悪《ワル》にすぎん。
［ヘンリー六世の死体に向けて］おまえを別の部屋に投げ込んどいてやろう。
よかったな、ヘンリー、無事に神様のもとへ行けて。

（第五幕第六場八四～九三行）

この台詞を聴けば、観客はリチャードがクラレンスを片付ける場面を観たくなるだろう。そして、『リチャード三世』はリチャードがクラレンスを陥れる場面から始まるのである。『ヘンリー六世』でシェイクスピアがあえて二歳児を英雄に変えるまでの脚色をしてリチャードを百戦錬磨の武将として造形した理由は、百戦錬磨の武将といえども平和の時代には何の役にも立たないという、当時のエリザベス朝社会に蔓延《まんえん》していた武人の不満を体現させ、リチャードを巨大な不満の塊として提示しようという思惑もあっただろう。戦時中の武勲が大きければ大きいほど、この醜い武人は、平和になれば活躍の場を失うのみならず、醜さゆえに皆から嫌われる存在とならざるを得ないのだ。その不満が『リチャード三世』幕開きで吐露されているのである。

史実からフィクションへ

そもそも歴史上のリチャードは極悪人ではなかったというのは有名な話だ。ロンドンのナショナル・ポートレイト・ギャラリーに所蔵された穏やかな顔をしたリチャードの肖像がシェイクスピアの描く悪党リチャードのイメージとあまりに違うところから、ジョセフィン・テイの推理小説『時の娘』の探偵が推理によって解き明かしてみせたように、実在のリチャードは決して悪党ではなかった。

グロスター公リチャード（一四五二〜八五）がヨーク朝第三代イングランド国王リチャード三世として在位したのは一四八三年から一四八五年——三日天下どころか三年も国を治めたの

であり、語り草となった幼い王子たちの暗殺や妻アンの死も史実においてはリチャードが意図したものとは言えず、「せむし」の極悪人というイメージは後代に作られたものだった。

史実からフィクションへの書き換えは、シェイクスピアが始めたことではない。リチャードを悪党に仕立て上げたのはテューダー朝の歴史家たちだと言われる。シェイクスピアの女王エリザベス一世の父に当たるヘンリー八世の時代だ。なにしろ、リチャードを打ち破ったリッチモンド伯ヘンリー・テューダーことヘンリー七世とは、ヘンリー八世の父親なのだ。とすれば、ヘンリー七世を始祖として打ち建てられたテューダー王朝を擁護するために、あえてリチャードを悪の権化に仕立て上げたとしてもおかしくはない。このようにして仕立て上げられた悪人リチャード対善人リッチモンドの構図からテューダー王朝が生まれたとする物語を「テューダー神話」と呼ぶが、ケンブリッジ版『リチャード三世』の編者ジャニス・ラルが指摘するように、この神話成立にまつわる従来の説明は少々疑わしい。

最初にリチャードを明確に悪党として描写《びょうしゃ》したのは、ヘンリー八世の大法官サー・トマス・モアが記した『リチャード三世の生涯』(一五一三年頃執筆)だ。モアは若かりし時、リチャード三世の仇敵《きゅうてき》イーリー司教ジョン・モートン(シェイクスピアの『リチャード三世』に苺《いちご》を取り寄せる貴族として登場)に仕えたことがあり、リチャードを悪く言う話を多く伝え聞いたのかもしれない。しかし、モアはヘンリー八世に迎合することを頑として拒んだがゆえに命を落とした学者であり(その詳細はシェイクスピアが一部執筆した戯曲『サー・トマス・モア』に詳しい)、テューダー朝の王位継承の正統性を補うべくモアが史実を枉《ま》げたとは考えられない。どうやら、モアが取材した一五世紀の資料がすでに少しずつリチャードを悪党に仕立て始めていたところがあり、そこにモアが文学的な命を吹き込んだというのが真相のようだ。

モアの記述やポリドー・ヴァージルの『イングランド史』などをもとに歴史家エドワード・ホールが年代記『ランカスター、ヨーク両名家の和合』（一五四八年刊）を著し、さらにそれを土台としてラファエル・ホリンシェッドらが『イングランド、スコットランド、アイルランドの年代記』第二版（一五八七年刊）を出版した。そうした歴史書などによって生み出された当時の歴史観にシェイクスピアはさらに大きな命を注ぎこんで、中世劇のヴァイスさながらに活躍するリチャード像を築き上げたのである。

パワーあふれる悪党の魅力は、シェイクスピアが生み出したものだ。

テクストについて

『リチャード三世』ほどテクスト問題の複雑なシェイクスピア作品はない。本書ではF（第一・二折本《フォーリオ》）を一応の底本とはしているものの、F自体にも問題があるため、Q（四折本《クオート》）に頼らざるを得ない箇所がある。本来は避けるべき折衷版をどうしても避けることができないのである。異本の主たる異同については脚注に記したが、これらは一部であって、網羅的なものではないことをお断りしておく。

『リチャード三世』のテクスト問題の要点をまとめると、だいたい次のようなことである。

『リチャード三世』は当時大変な人気作であり、初版本の第一・四折本《クオート》（Q１）が一五九七年に出版（一五九七年十月二十日出版登録）されると、その翌年以降Q２（一五九八）、Q３（一六〇二）、Q４（一六〇五）、Q５（一六一二）、Q６（一六二二）と重版が続き、一六二三年には第一・二折本《フオーリオ》（F）の全集に収められた。これほど読み物として人気を博したシェイクスピア戯曲は、『ヘンリー四世』第一部と『ペリクリーズ』を除いて他にない。Q2以下Q6に至るまでの重版が単に前の版をそのまま写した版に過ぎないのであれば問題は単純なのだが、途中で訂正（と誤り）が加えられた様子もあり、一筋縄ではいかない。

しかしともかく、Qの中で最も重要なのは初版のQ1であることは間違いない。問題は、それが別の経緯で印刷されたFとどう違うのかということである。Q1はFよりも二〇〇行ほど短く、記憶違いによると思われる多くの誤りがあることから、役者たちが記憶によって復元した上演台本ではないかと考えられ、間違いの少ないFこそシェイクスピアの原稿（ないしはその写し）に基づくものだとするのが、少なくともこれまで長いあいだ多くの支持を得てきた説であった。

今回の翻訳に当たってQ1とFのそれぞれを丹念に読み比べた感触で言えば、諸説ある中でオックスフォード版編者ジョン・ジョウィットの説が最も傾聴に値するように思える。すなわち、Q1は記憶で復元した改悪版ではなく、Fの元となった初期原稿に手を加え、少ない人数で上演できるように改訂したものだという説である。ケンブリッジ版Q1の編者ピーター・デイヴィソンは、従来どおり記憶復元説を支持するが、Q1が少ないキャストで上演したヴァージョンであることについて詳しい分析を加えており、いずれにしても実際の上演台本に基づくものであることだけは間違いない。

つまり、細かな点を省いて言えば、シェイクスピアのオリジナル原稿に近い形で印刷されたのはFであり、それをツアー用に（あるいは少人数での上演用に）手を加えたのがQ1ということになる。そこで、オリジナル原稿に近いものを求める場合は、ケンブリッジ版編者ジャニス・ラルのようにFを底本とすることになり、この翻訳もそうした。だが、そもそも「オリジナル原稿」という概念自体に疑問を呈し、シェイクスピアの時代に実際に上演されたものに近いものを求める場合はジョウィット編註《へんちゅう》オックスフォード版のようにQ1を底本にすることになる。ジョウィットは、Q1を上演用に直された版として積極的に評価し、芝居で重要なのは「シェイクスピアの意図」ではなく当時実際に上演された一つの形なのだとする。

さらにジョウィットは、Fのテクストを批判し、Qのほうがシェイクスピアらしいとも言っているが、それはどうだろうか。「上演用」のQには安易な上演の工夫が入り込んでおり、Fをそのまま用いたほうが遥《はる》かに劇的であり、そこにシェイクスピアの意図があるようにも思われる。たとえば、リチャードがアンの指に指輪をはめるところで、QにはFにない「受け取っても何のお返しもありませんよ」というアンの台詞《せりふ》がある（30頁）が、これは稽古《けいこ》をしていてリチャードが指輪をはめるとき、アンの役者が黙っているのがつらいから入れたのではないだろうか。確かにそれでその場の芝居は作り易くなるが、劇の深い意味が失われてしまう。というのも、アンが黙って指輪をはめられるという絵が一瞬できてしまうことが、この場面の意味としては重要に思われるからである。

あるいはまた、バッキンガムがロンドン市民の前で芝居を打って、リチャードに王になってくださいと懇願した末、「行こう、市民諸君。畜生、もう頼まん（zounds, ile intreat no more)」と叫んで去るときの「畜生」という罵声《ばせい》はQのみにある（142頁）。これはFにもともとなかったものを、役者が勢いで加えたものと考えられる（Qにあった罵声をFで削除したという説もあるけれど)。確かに芝居が勢いづくので面白くなると言えば言えるのだが、「行こう、市民諸君。もう頼んでも無駄だ(we'll entreat no more)」というFの台詞でも十分、バッキンガムの怒りは表現できる。問題なのは、Qではこれに応じてリチャードが「おお、乱暴な言葉を使われるな、バッキンガム殿」と言うことだ。バッキンガムが「乱暴な言葉」を使ったからリチャードが態度を軟化させたかのようになってしまい、これもまた芝居の内容を薄くしている。バッキンガムが率いる市民たちの執拗《しつよう》な懇願についにリチャードが折れたという形にならなければならないのだから、I'll entreat no more(私はもう頼まない)ではなくwe'll entreat no more(私たちはもう頼まない)であるべきではないか。リチャードの対応としても、余計な叫び声を上げずに、「心配事の世界に私を押し込むのか。呼び戻せ」と堂々と言ったほうが、芝居に厚みがあるように思われる。

そのほか、Qでは役者の数を減らすために登場人物が減らされており、この点でもFの優位性が確認される。たとえば、女たちの嘆きの場面において、Fではアンがクラレンスの幼い娘マーガレットの手を引いて登場し、親戚家族の雰囲気をよく出している(145頁)のだが、Qではマーガレットが登場せず、その効果が失われている。また、最終幕では、リッチモンドの陣営にいろいろな武将がいて決戦を明日に控えた緊張感が描《えが》かれるが、サー・ウィリアム・ブランドンに直接軍旗を渡すFの場面(202頁)をQではカットし、「サー・ウィリアム・ブランドンはどこにいる?　彼に軍旗を預けよう」と変更されている。このように、少ないキャストで上演する工夫がQには随所にある。

となれば、シェイクスピアの原稿から直接組まれたと考えられるFを底本とすればよいはずだ。

ところが、面倒なことに、まだ問題がある。シェイクスピアの原稿は読みづらいものだったらしく、Fを組んだ植字工は、すでに出版されていたQを参照したのである。Q3にあった二箇所（第三幕第一場一～一六四行と第五幕第三場四七行～同第五場四一行）がFに入り込んでいることからQ3を参照したことは明らかであり、Q1も（Q6も？）参照したと思われる。そのうえ、Fの植字工の一人がかなりいい加減な仕事をしており、適当に単語を変えたりしているため、その点に関してはQのほうが信頼できることになる。

つまり、Fを底本とするにしても、Qも無視できないというのが実情なのだ。QにはFにない二十七の箇所（総計三十七行ほど）がある（前述の zounds の例などを含む）。最長のものは「時計」のくだり（第四幕第二場九九～一一六行）だ（157～158頁）。そのように長いものは、恐らく役者が勝手に加えたのではなく、シェイクスピアが原稿を改訂する中で生まれてきたもの（あるいは、もともとあったものが、何らかの事情でFでは落ちてしまったもの）と考えられる。

そういう事情であるから、Fを主たる底本とした上でQも採り入れる折衷版にするしかないのであるが、折衷版にするにしても、前記のアンの指輪やバッキンガムの罵声についてQを採用しているアントニー・ハモンド編註のアーデン版（第二シリーズ）やE・A・J・ホニグマン編註のペンギン版のように、Qを無批判に採り入れる方法には問題があるように思われる。最善の方法として、本書では、Fを厳密な底本とするケンブリッジ版の姿勢を見習いつつ——ケンブリッジ版でそれができたのはQ1を厳密な底本とするもう一冊も出版しているからだが——どうしても必要と思われる箇所についてのみQを採り入れた。『リチャード三世』の翻訳として、ここまでFを尊重したものは初めてであると思う。

☆

この翻訳の契機となったのは、野村萬斎《まんさい》氏のために私が『リチャード三世』を翻案して『国盗人』を執筆したことにある（野村萬斎演出・主演、白石加代子、石田幸雄、大森博史、今井朋彦、山野史人、小美濃利明、月崎晴夫ほか出演、二〇〇七年六月二十二日～七月十四日世田谷《せたがや》パブリックシアター、七月二十五日～二十七日兵庫県立芸術文化センター、八月一日りゅーとぴあ新潟市民芸術文化会館）。翻案は、この翻訳に基づいている。

萬斎氏とともに原文のリズムにこだわる『新訳　ハムレット』を作ってから三年以上が経った。それから独り立ちして翻訳を続けているが、基本方針は変わっていない。この翻訳も声に出しながら行った。シェイクスピア翻訳の端緒を開いてくださった萬斎氏にこの場を借りて改めて感謝の意を表したい。

また、本書刊行に当たっては実に優れた校正者に多々助けられた。記して感謝したい。

二〇〇七年四月

河合　祥一郎

新訳《しんやく》 リチャード三世《さんせい》

シェイクスピア　河合祥一郎《かわいしょういちろう》＝訳

平成19年 6月25日　初版発行
令和７年 5月30日　11版発行

発行者●山下直久

発行●株式会社KADOKAWA
〒102-8177　東京都千代田区富士見2-13-3
電話　0570-002-301（ナビダイヤル）

角川文庫 14741

印刷所●株式会社KADOKAWA
製本所●株式会社KADOKAWA

表紙画●和田三造

●お問い合わせ
https://www.kadokawa.co.jp/（「お問い合わせ」へお進みください）
※内容によっては、お答えできない場合があります。
※サポートは日本国内のみとさせていただきます。
※Japanese text only

Printed in Japan
ISBN978-4-04-210617-3　C0197

角川文庫発刊に際して

角川源義

第二次世界大戦の敗北は、軍事力の敗北であった以上に、私たちの若い文化力の敗退であった。私たちの文化が戦争に対して如何に無力であり、単なるあだ花に過ぎなかったかを、私たちは身を以て体験し痛感した。西洋近代文化の摂取にとって、明治以後八十年の歳月は決して短かすぎたとは言えない。にもかかわらず、近代文化の伝統を確立し、自由な批判と柔軟な良識に富む文化層として自らを形成することに私たちは失敗して来た。そしてこれは、各層への文化の普及滲透を任務とする出版人の責任でもあった。

一九四五年以来、私たちは再び振出しに戻り、第一歩から踏み出すことを余儀なくされた。これは大きな不幸ではあるが、反面、これまでの混沌・未熟・歪曲の中にあった我が国の文化に秩序と確たる基礎を齎らすためには絶好の機会でもある。角川書店は、このような祖国の文化的危機にあたり、微力をも顧みず再建の礎石たるべき抱負と決意とをもって出発したが、ここに創立以来の念願を果すべく角川文庫を発刊する。これまで刊行されたあらゆる全集叢書文庫類の長所と短所とを検討し、古今東西の不朽の典籍を、良心的編集のもとに、廉価に、そして書架にふさわしい美本として、多くのひとびとに提供しようとする。しかし私たちは徒らに百科全書的な知識のジレッタントを作ることを目的とせず、あくまで祖国の文化に秩序と再建への道を示し、この文庫を角川書店の栄ある事業として、今後永久に継続発展せしめ、学芸と教養との殿堂として大成せんことを期したい。多くの読書子の愛情ある忠言と支持とによって、この希望と抱負とを完遂せしめられんことを願う。

一九四九年五月三日

角川文庫海外作品

新訳　ハムレット

シェイクスピア
河合祥一郎＝訳

デンマークの王子ハムレットは、突然父王を亡くした上、その悲しみの消えぬ間に、母・ガードルードが、新王となった叔父・クローディアスと再婚し、苦悩するが……画期的新訳。

新訳　ロミオとジュリエット

シェイクスピア
河合祥一郎＝訳

モンタギュー家の一人息子ロミオはある夜仇敵キャピュレット家の仮面舞踏会に忍び込み、一人の娘と劇的な恋に落ちるのだが……世界恋愛悲劇のスタンダードを原文のリズムにこだわり蘇らせた、新訳版。

新訳　ヴェニスの商人

シェイクスピア
河合祥一郎＝訳

アントーニオは友人のためにユダヤ商人シャイロックに借金を申し込む。「期限までに返せなかったらアントーニオの肉1ポンド」を要求するというのだが……人間の内面に肉薄する、シェイクスピアの最高傑作。

新訳　リチャード三世

シェイクスピア
河合祥一郎＝訳

醜悪な容姿と不自由な身体をもつリチャード。兄王の病死をきっかけに王位を奪い、すべての人間を嘲笑し返そうと屈折した野心を燃やす男の壮絶な人生を描く、シェイクスピア初期の傑作。

新訳　マクベス

シェイクスピア
河合祥一郎＝訳

武勇と忠義で王の信頼厚い、将軍マクベス。しかし荒野で出合った三人の魔女の予言は、マクベスの心の底に眠っていた野心を呼び覚ます。妻にもそそのかされたマクベスはついに王を暗殺するが……。

角川文庫海外作品

新訳 十二夜
シェイクスピア
河合祥一郎＝訳

オーシーノ公爵は伯爵家の女主人オリヴィアに思いを寄せるが、彼女は振り向いてくれない。それどころか、女性であることを隠し男装で公爵に仕えるヴァイオラになんと一目惚れしてしまい……。

新訳 夏の夜の夢
シェイクスピア
河合祥一郎＝訳

貴族の娘・ハーミアと恋人ライサンダー。そしてハーミアのことが好きなディミートリアスと彼に恋するヘレナ。妖精に惚れ薬を誤用された4人の若者の運命は？　幻想的な月夜の晩に妖精と人間が織りなす傑作喜劇。

新訳 から騒ぎ
シェイクスピア
河合祥一郎＝訳

ドン・ペドロは策を練り友人クローディオとヒアローを婚約させた。続けて友人ベネディックとビアトリスもくっつけようとするが、思わぬ横やりが入る。思いこみの連続から繰り広げられる恋愛喜劇。新訳で登場。

新訳 まちがいの喜劇
シェイクスピア
河合祥一郎＝訳

アンティフォラスは生き別れた双子の弟を探しにエフェソスにやってきた。すると町の人々は、兄をもとからいる弟とすっかり勘違い。誤解が誤解を呼び、町は大混乱。そんなときとんでもない奇跡が起きる……。

新訳 オセロー
シェイクスピア
河合祥一郎＝訳

美しい貴族の娘デズデモーナを妻に迎えたヴェニスの黒人将軍オセロー。恨みを持つ旗手イアーゴーの巧みな策略により妻の姦通を疑い、信ずるべき者たちを手にかけてしまう。シェイクスピア四大悲劇の一作。

角川文庫海外作品

新訳 お気に召すまま シェイクスピア 河合祥一郎＝訳

舞台はフランス。宮廷から追放され、男装して森に逃げる元公爵の娘ロザリンド。互いに一目惚れした青年オーランドーと森で再会するも目下男装中。正体を明かさないまま、二人の恋の駆け引きが始まる——。

新訳 アテネのタイモン シェイクスピア 河合祥一郎＝訳

財産を気前よく友人や家来に与えるアテネの貴族タイモンは、膨れ上がった借金の返済に追われる。他の貴族に援助を求めるが、手の平を返したようにそっぽを向かれ、タイモンは森へ姿をくらましてしまい——。

新訳 リア王の悲劇 シェイクスピア 河合祥一郎＝訳

「これが最悪だ」と言えるうちはまだ最悪ではないのだ——。シェイクスピア四大悲劇で最も悲劇的な作品。最新研究に鑑み1623年のフォーリオ版の全訳に1608年のクォート版との異同等も収録する決定版！

新訳 ジュリアス・シーザー シェイクスピア 河合祥一郎＝訳

シーザーが皇帝になるのを怖れたキャシアスは気高いブルータスをそそのかしシーザー暗殺を計画する。「おまえもかブルータス？」過去未来全ての政治指導者暗殺を予言する衝撃作。徹底注釈＆詳細な解説も掲載。

ポー傑作選1 ゴシックホラー編 黒猫 エドガー・アラン・ポー 河合祥一郎＝訳

この猫が怖くてたまらない——。動物愛好家の「私」は酒におぼれ人が変わり、可愛がっていた黒猫を虐め殺してしまう。やがて妻も手にかけ、遺体を地下室に隠すが……戦慄の復讐譚「黒猫」等名作14編を収録！ 新訳。

角川文庫海外作品

ポー傑作選2　怪奇ミステリー編
モルグ街の殺人
エドガー・アラン・ポー
河合祥一郎＝訳

ミステリーの原点がここに——。世界初の推理小説「モルグ街の殺人」、同じく初の暗号解読小説「黄金虫」、最高作と名高い「盗まれた手紙」等11編収録。ポーの死の謎に迫る解説も。世紀の天才の新訳第2弾。

ポー傑作選3　ブラックユーモア編
Xだらけの社説
エドガー・アラン・ポー
河合祥一郎＝訳

ポーの真骨頂、ブラックユーモア！　新聞社同士の奇妙な論争を描く表題作を始め、ダークな風刺小説や創作論など全23編。巻末に「人名辞典」「ポーの文学闘争」他。訳出不可能な言葉遊びを見事に新訳した第3弾。

不思議の国のアリス
ルイス・キャロル
河合祥一郎＝訳

ある昼下がり、アリスが土手で遊んでいると、チョッキを着た兎が時計を取り出しながら、生け垣の下の穴にぴょんと飛び込んで……個性豊かな登場人物たちとユーモア溢れる会話で展開される、児童文学の傑作。

鏡の国のアリス
ルイス・キャロル
河合祥一郎＝訳

ある日、アリスが部屋の鏡を通り抜けると、そこはおしゃべりする花々やたまごのハンプティ・ダンプティたちが集う不思議な国。そこでアリスは女王を目指すのだが……永遠の名作童話決定版！

新訳
ナルニア国物語1
ライオンと魔女と洋服だんす
C・S・ルイス
河合祥一郎＝訳

田舎の古い屋敷に預けられた4人兄妹は、空き部屋で大きな洋服だんすをみつける。扉を開けると、そこは残酷な魔女が支配する国ナルニアだった。子どもたちはナルニアの王になれと言われるが……名作を新訳で。

角川文庫海外作品

新訳 ナルニア国物語2
カスピアン王子
C・S・ルイス
河合祥一郎＝訳

夏休みが終わり、4人兄妹が駅で学校行きの列車を待っていると、一瞬で別世界に飛ばされてしまう。そこは魔法が失われた1千年後のナルニアだった。4人はカスピアン王子と、ナルニアに魔法を取り戻そうとするが……。

新訳 ナルニア国物語3
夜明けのむこう号の航海
C・S・ルイス
河合祥一郎＝訳

ルーシーとエドマンドはいとこのユースタスとともにナルニアへ！ カスピアン王やネズミの騎士と再会し、7人の貴族を捜す旅に同行する。人が竜に変身する島など不思議な冒険を経て、この世の果てに辿りつき……。

新訳 ナルニア国物語4
銀の椅子
C・S・ルイス
河合祥一郎＝訳

ユースタスと同級生のジルは、アスランに呼び寄せられナルニアへ。行方不明の王子を捜しだすよう命じられる。与えられた手掛かりは4つのしるし。根暗すぎる沼むっつりも加わり、史上最高に危険な冒険が始まる。

新訳 ナルニア国物語5
馬とその少年
C・S・ルイス
河合祥一郎＝訳

父に殴られ、奴隷のように使われてきたシャスタ。その父が実の親でないと知り、気高き軍馬ブリーと自由の国ナルニアへ逃げだすことに。旅の途中、自分そっくりの王子と出会い、ナルニアへの陰謀を耳にするが。

新訳 ナルニア国物語6
魔術師のおい
C・S・ルイス
河合祥一郎＝訳

魔術師のおじの書斎で、異世界に行ける魔法の指輪をみつけたディゴリーとポリー。2人は異世界から悪の女王を街に連れ帰ってしまう。あわてて元に戻そうとするが、入りこんだのはまた別の世界ナルニアだった。

角川文庫海外作品

新訳 ナルニア国物語7
最後の戦い
C・S・ルイス
河合祥一郎＝訳

偽アスランによってナルニアはカロールメン国に支配される。王は怒って立ち上がるが囚われの身に。戦いには邪悪な神タシュが現れ危機に瀕する。かつての主人公たちも登場し……ついに完結！　カーネギー賞受賞。

新訳 ドリトル先生アフリカへ行く
ヒュー・ロフティング
河合祥一郎＝訳

ドリトル先生は動物と話せる、世界でただ一人のお医者さん。伝染病に苦しむサルたちを救おうと、仲良しのオウム、子ブタ、アヒル、犬、ワニたちと船でアフリカへむかうが……新訳と楽しい挿絵で名作を読もう。

新訳 ドリトル先生航海記
ヒュー・ロフティング
河合祥一郎＝訳

動物と話せるお医者さん、ドリトル先生の今度の冒険は、海をぷかぷか流されていくクモザル島を探す船の旅！　おなじみの動物たちもいっしょ。巨大カタツムリに乗って海底旅行も？　第2回ニューベリー賞受賞。

新訳 ドリトル先生の郵便局
ヒュー・ロフティング
河合祥一郎＝訳

先生がはじめたツバメ郵便局に、世界中の動物から手紙が届き、先生たちは大忙し。可哀想な王国を救ったりと大活躍も続く。やがて世界最古の謎の動物から、秘密の湖への招待状が……大好評のシリーズ第3巻！

新訳 ドリトル先生のサーカス
ヒュー・ロフティング
河合祥一郎＝訳

お財布がすっからかんのドリトル先生。もう動物たちとサーカスに入るしかない！　気の毒なオットセイを助けようとして殺人犯にまちがわれたり、アヒルがバレリーナになる動物劇を上演したり。大興奮の第4巻。

角川文庫海外作品

新訳 ドリトル先生の動物園
ヒュー・ロフティング
河合祥一郎＝訳
世界に一つだけの檻のない動物園が完成！　ウサギアパートやリスホテルまである動物天国だ。ネズミのお話会も開催され、園は大盛り上がり。しかし先生が事件にまきこまれ……探偵犬と謎を解くミステリーな第5巻。

新訳 ドリトル先生のキャラバン
ヒュー・ロフティング
河合祥一郎＝訳
ドリトル・サーカスの新しい出し物は、カナリアやフラミンゴが歌って踊る世界初の鳥のオペラ！　このとんでもないショーは成功するのか？　先生が女性に変装して悪徳動物業者をこらしめる、びっくり仰天の第6巻。

新訳 ドリトル先生と月からの使い
ヒュー・ロフティング
河合祥一郎＝訳
犬の博物館でにぎわうドリトル家の庭に、謎の巨大生物が舞い降りた！　えっ、先生を迎えに来た月からの使い!?　宇宙への大冒険が始まる。教授犬やちょんまげ犬の愉快なお話も満載！　大人気の新訳シリーズ第7巻！

新訳 ドリトル先生の月旅行
ヒュー・ロフティング
河合祥一郎＝訳
月に到着した先生とトミー達。行く先々で出会うのは巨大カブトムシに巨大コウノトリ、そして不気味な巨人の足跡。皆こちらを見張っているようだ。やがて先生まで巨大化し……史上最大のピンチが訪れる第8巻。

新訳 ドリトル先生月から帰る
ヒュー・ロフティング
河合祥一郎＝訳
トミーがひとり月から帰ると、家は荒れ放題。やっぱり先生がいないとダメなんだ！　そしてついに先生が月から巨大バッタに乗って帰ってくる！　この6mの巨人が先生？　月のネコも登場する、とことん奇妙な第9巻。

角川文庫海外作品

1984

ジョージ・オーウェル
田内志文＝訳

ビッグ・ブラザーが監視する近未来世界。過去の捏造に従事するウィンストンは若いジュリアとの出会いをきっかけに密かに日記を密かに書き始めるが……人間の自由と尊厳を問うディストピア小説の名作。

動物農場

ジョージ・オーウェル
高畠文夫＝訳

一従軍記者としてスペイン戦線に投じた著者が見たものは、スターリン独裁下の欺瞞に満ちた社会主義の実態であった……寓話に仮託し、怒りをこめて、このソビエト的ファシズムを痛撃する。

若草物語

L・M・オルコット
吉田勝江＝訳

舞台はアメリカ南北戦争の頃のニューイングランド。マーチ家の四人姉妹は、従軍牧師として戦場に出かけた父の留守中、優しい母に見守られ、リトル・ウィメン（小さくも立派な婦人たち）として成長してゆく。

続　若草物語

L・M・オルコット
吉田勝江＝訳

夢を語りあった幼い頃の日々は過ぎ去り、厳しい現実が四人姉妹を待ち受ける。だが、次女ジョーは母に励まされて書いた小説が認められ、エイミーとローリーは婚約。姉妹は再び本来の明るい姿を取り戻し始める。

第三若草物語

L・M・オルコット
吉田勝江＝訳

わんぱく小僧のトミー、乱暴者のダン、心優しいデミとデイジー、おてんばなナン……子どもたちの引き起こす事件でプラムフィールドはいつも賑やか。心温まる名作。

角川文庫海外作品

第四若草物語

L・M・オルコット
吉田勝江＝訳

前作から10年。プラムフィールドは大学に、子供たちは個性的な紳士淑女となり、プラムフィールドから巣立っていった――。四姉妹から始まった壮大なマーチ家の物語が、ついに迎える終幕。

新訳 道は開ける

D・カーネギー
田内志文＝訳

「人はどうやって不安を克服してきたか」人類の永遠とも言えるテーマに、多くの人の悩みと向き合ってきたカーネギーが綴る、現代にも通ずる「不安、疲労、悩み」の克服法。名著『道は開ける』の新訳文庫版。

ミセス・ハリス、パリへ行く

ポール・ギャリコ
亀山龍樹＝訳

ハリスは夫を亡くしロンドンで通いの家政婦をしている。勤め先でふるえるほど美しいディオールのドレスに出会い、必死でお金をためてパリに仕立てに行くが……何歳になっても夢をあきらめない勇気と奇跡の物語。

ミセス・ハリス、ニューヨークへ行く

ポール・ギャリコ
亀山龍樹＝訳

61歳の家政婦ハリスはお隣の少年が里親に殴られていると知り、彼を実父がいるニューヨークへつれていこうと無謀な作戦を立てる。それはなんと……密航！ 夢をあきらめない大人たちの勇気と奇跡の物語、第2弾。

オリエント急行殺人事件

アガサ・クリスティ
田内志文＝訳

豪華高級寝台列車で起きた殺人事件の容疑者は、目的地以外は共通点のない乗客たち。世界一の名探偵、エルキュール・ポアロが導き出した真実とは――。〝ミステリの女王〟の代表作が読みやすい新訳で登場！

角川文庫海外作品

アルケミスト
夢を旅した少年

パウロ・コエーリョ
山川紘矢・山川亜希子＝訳

羊飼いの少年サンチャゴは、アンダルシアの平原からエジプトのピラミッドへ旅に出た。錬金術師の導きと様々な出会いの中で少年は人生の知恵を学んでゆく。世界中でベストセラーになった夢と勇気の物語。

星の巡礼

パウロ・コエーリョ
山川紘矢・山川亜希子＝訳

神秘の扉を目の前に最後の試験に失敗したパウロ。彼が奇跡の剣を手にする唯一の手段は「星の道」という巡礼路を旅することだった。自らの体験をもとに描かれた、スピリチュアリティに満ちたデビュー作。

ピエドラ川のほとりで私は泣いた

パウロ・コエーリョ
山川紘矢・山川亜希子＝訳

ピラールのもとに、ある日幼なじみの男性から手紙が届く。久々に再会した彼から愛を告白され戸惑うピラール。しかし修道士でヒーラーでもある彼と旅するうちに、彼女は真実の愛を発見する。

第五の山

パウロ・コエーリョ
山川紘矢・山川亜希子＝訳

混迷を極める紀元前9世紀のイスラエル。指物師として働くエリヤは子供の頃から天使の声を聞いていた。だが運命はエリヤのささやかな望みをかなえず、苦難と使命を与えた……。

ベロニカは死ぬことにした

パウロ・コエーリョ
江口研一＝訳

ある日、ベロニカは自殺を決意し、睡眠薬を大量に飲んだ。だが目覚めるとそこは精神病院の中。後遺症で残りわずかとなった人生を狂人たちと過ごすことになった彼女に奇跡が訪れる。

角川文庫海外作品

悪魔とプリン嬢
パウロ・コエーリョ
旦　敬介＝訳

「条件さえ整えば、地球上のすべての人間はよろこんで悪をなす」悪霊に取り憑かれた旅人が、山間の田舎町を訪れた。この恐るべき考えを試すために——。

11分間
パウロ・コエーリョ
旦　敬介＝訳

セックスなんて11分間の問題だ。脱いだり着たり意味のない会話を除いた〝正味〟は11分間。世界はたった11分間しかかからない、そんな何かを中心にまわっている——。

ザーヒル
パウロ・コエーリョ
旦　敬介＝訳

満ち足りた生活を捨てて突然姿を消した妻。彼女は誘拐されたのか、単に結婚生活に飽きたのか。答えを求め、欧州から中央アジアの砂漠へ、作家の魂の彷徨がはじまった。コエーリョの半自伝的小説。

ダ・ヴィンチ・コード　(上)(中)(下)
ダン・ブラウン
越前敏弥＝訳

ルーヴル美術館のソニエール館長が館内のグランド・ギャラリーで異様な死体で発見された。殺害当夜、館長と会う約束をしていたハーヴァード大学教授ラングドンは、警察より捜査協力を求められる。

天使と悪魔　(上)(中)(下)
ダン・ブラウン
越前敏弥＝訳

ハーヴァード大の図像学者ラングドンはスイスの科学研究所長からある紋章について説明を求められる。それは十七世紀にガリレオが創設した科学者たちの秘密結社〈イルミナティ〉のものだった。